Tatort Märchenland

SOKO Selma

Kommissar Kellers
letzter Fall?

Für meine Mutter, Hedwig Schneider, der ich unendlich dankbar bin.

Für Beate – für alles.

Die Deutsche Nationalbibliothek verzeichnet diese Publikation in der Deutschen Nationalbibliografie; detaillierte bibliografische Daten sind im Internet über http://dnb.dnb.de abrufbar.

© 2016 Christian Schneider
Cover: Christian Schneider
Lektorat: Lektor-hoch-drei, Ludwigsburg
Satz: Federstrich 3610,
www.federstrich3610.com

Herstellung und Verlag:
BoD – Books on Demand, Norderstedt

ISBN: 978-3-739-22168-7

Vorgeschichte

»Du solltest ihn mal probieren, der ist lecker! Und außerdem bist du nicht mehr meine Freundin, wenn du ihn nicht mit mir teilen willst!«

Die kleine Selma lutschte an einem roten Lolli und hielt ihn ab und zu auffordernd ihrer Puppe Erna vor den aufgenähten Mund. Selma hatte ihre kleine Gestalt hinter einem Herrn eingereiht, der gerade im Gespräch mit der Bankangestellten war, und hielt Erna fest an sich gepresst. Als plötzlich ein großer Mann an ihr vorbei zum Schalter stürmte, ließ sie den Lolli vor Schreck fast fallen. Mit einer schwarzen Maske über dem Kopf hastete er direkt nach vorne und drängelte den Herrn, der gerade an der Reihe war, grob zur Seite. Zeitgleich zog der Maskenmann etwas aus seiner Tasche, und Selma meinte zuerst, er würde nun die Kassiererin nassspritzen wollen, denn das Ding sah genauso aus wie die Wasserpistole, die sie zuhause in ihrer Kommode liegen hatte. Nur war diese hier schwarz, und die Bankangestellte hob sogleich mit aufgerissenen Augen ihre Hände, als ihr die Waffe entgegengehalten wurde.

Selma stand allein in der Reihe, denn ihr Papa war noch einmal zurück zum Auto gegangen – ihr Sparbuch holen. Das brauchte sie doch, denn sie waren in die Bank gekommen, um Geld für die Gitarre abzuheben, die sie sich schon so lange gewünscht hatte.

Erleichtert sah sie ihn zurückkommen. Aber

warum sah er so seltsam aus? Als er »Selma«, rief, sagte er das in dem gleichen Ton, den er immer benutzte, wenn sie wieder, ohne zu schauen, über die Straße lief oder versuchte, die Keksdose aus dem Regal zu angeln.

Ihre Verwunderung dauerte jedoch nur ein paar Sekunden. Dann nahm sie ihren Mut zusammen, drückte Erna noch ein wenig fester an sich und zupfte den Mann mit der schwarzen Strumpfmaske an der Jacke. »Was machst du da?«

Der Maskenmann wirkte überrascht. »Das geht dich gar nichts an.«

»Bist du ein Bankräuber oder willst du die Tante nur nassspritzen?«

Bevor der Mann eine Antwort geben konnte, sah Selma bereits ihren Vater auf sich zukommen. Dieser trug eine Jeansjacke und ausgelatschte Turnschuhe. Er sah sehr besorgt aus.

»Selma, kommst du bitte!«

»Nein, nicht bevor ich und Erna eine Antwort bekommen haben.« Ihr wollte nicht einleuchten, was sie jetzt wieder falsch gemacht haben sollte!

Jetzt ergriff der Maskenmann das Wort: »Geh zu deinem Vater, bevor ich ungemütlich werde.«

Als die beiden Männer nur noch zwei Meter voneinander entfernt waren, richtete der Große mit der Maske die Pistole, aus der bisher kein einziger Tropfen Wasser gekommen war, erst auf sie und dann auf ihren verschreckten Vater.

Dieser hielt kurz inne und bewegte sich dann ganz langsam weiter auf seine Tochter zu. »Selma, komm jetzt endlich, und lass den Mann in Ruhe!«

»Ich warne dich, bleib stehen!«, rief der Bankräuber und richtete noch entschlossener die Waffe auf den Vater des Mädchens.

»Alles gut, ich ...«

Selma war sich nicht sicher, was hier eigentlich vor sich ging. Aber ihr Vater war wütend und erschrocken, und das gefiel ihr ganz und gar nicht. Außerdem wollte sie endlich ihre Gitarre haben, und dazu mussten sie an den Bankschalter. Noch während Selma überlegte, ob ihr Taschengeld überhaupt für eine solche Anschaffung ausreichte, sah sie ein Zehn-Cent-Stück auf dem Fußboden liegen. Beim Versuch, es aufzuheben, stieß sie den Bankräuber versehentlich an. Der Maskenmann schubste sie grob zur Seite, zugleich raubte ihr ein infernalischer Knall alle Sinne. Bereits im nächsten Moment knickten ihre Knie ein, Erna entglitt ihren Händen, und sie fiel unsanft zu Boden. Der Widerhall des Knalls in ihrem linken Ohr war derart schmerzhaft, dass sie zunächst sogar das Weinen vergaß.

Es war jener Moment, in dem ihr Vater wie vom Schlag getroffen neben ihr niedersank, als sie verstand, dass etwas schiefgelaufen war.

»Papa!«

1

Engelchen hatte gerade den letzten Karton in Ernst Kellers neue Wohnung getragen, als Keller diese Kiste neugierig zu betrachten begann. ›Kinderzimmer Erwin‹ stand auf dem Karton – Keller hatte keine Ahnung, warum. Angelika, aus deren Wohnung er nun endgültig ausgezogen war, und er hatten weder zusammen noch mit einem anderen Partner Kinder.

Who the fuck is Erwin?, ging es ihm durch den Kopf.

Er öffnete gespannt den Umzugskarton und fand als erstes ein schwarzes T-Shirt mit der Aufschrift ›Chris de Burgh Europa Tournee 1992/1993‹. Augenblicklich lief bei Keller ein imaginärer Film ab: Erinnerungen an das Orange-Blossom-Festival Pfingsten 2009 in Beverungen. Klaus und er hatten irgendeine unsinnige Wette abgeschlossen, die Keller schließlich verloren hatte. Es war darum gegangen, dass der Verlierer einen Tag während des Festivals mit einem Chris-de-Burgh-T-Shirt herumlaufen musste. Eine gewagte Idee, da das Orange Blossom überwiegend von Independence-Musik-Fans besucht wird. Zudem hatte Keller damals das unangenehme Gefühl übermannt, einer Randgruppe anzugehören, da er nicht eine einzige Tätowierung am Körper hatte. Keller liebte dieses Festival, nur hatte er in den letzten Jahren nie die Gelegenheit gehabt, es zu besuchen. Aber dieses Jahr sollte es endlich wieder klappen – nach dem

Umzug in die Kasseler Nordstadt. Die Karte hatte er schon im November und nur mit Mühe ergattert. Bereits drei Stunden nach Beginn des offiziellen Verkaufs waren alle Karten weg.

Ein Foto lag umgedreht unter dem T-Shirt. Keller nahm es in die Hand und betrachtete es nachdenklich. Es zeigte einen ganz anderen Keller: Dessen Bauch lugte unter dem eigentlich zu kleinen T-Shirt hervor. Vielleicht war er mit einem Meter neunzig einfach nur etwas zu groß. Er hatte damals unverkennbar weniger graue Haare – man konnte den eigentlichen Blondschopf noch sehr deutlich erkennen. 2009 trug er auch noch keine Brille, heute lag er als fast Fünfzigjähriger damit voll im Trend. Er legte das Bild zur Seite, und damit kehrten auch seine Gedanken in die Gegenwart zurück.

Kellers Kollegen Heinz ›Heini‹ Döring und Herta ›Engelchen‹ Engel sowie seine Freundin Kerstin Kaiser saßen in der unaufgeräumten Wohnung. Verteilt auf die Sitzgelegenheiten, die es neben Umzugskartons und Tüten schwer hatten, optisch noch in Erscheinung zu treten, hatten sie sich diese Pause redlich verdient. Keller hatte gerade mit Heini den schweren Küchenschrank hinauf in den zweiten Stock getragen. Die Stimmung war heiter-gespannt: Engelchen moserte schon die ganze Zeit herum, wie viel Krimskrams Keller besaß. Kerstin hingegen war ganz begeistert von der neuen Wohnung, hatte sie doch sogar einen Balkon und vor allem eine Badewanne.

Keller war gerade im Begriff, den Pizzaservice anzurufen. Die Mehrheit aller Helfershelfer hatte sich für ›Pizza Infernale‹ entschieden. Er griff zu seinem Handy, als dessen Klingelton ertönte.

»Sind die aber flott«, sprach Engelchen.

Keller ging in sein neues Schlafzimmer, um in Ruhe telefonieren zu können.

»Keller hier.« Es passte ihm gar nicht, dass er mitten in der Umzugsphase gestört wurde, und sein Tonfall fiel etwas barsch aus. »Wo?« Nicht jetzt, dachte er. Lasst mich doch wenigstens heute in Ruhe! »In Helmarshausen? Die Bankfiliale? Die Täter sind noch in der Bank? Gut. Ja, wir kommen.«

Abgesehen davon, dass ihm jetzt auch noch die scharfe Pizza entging, änderte dieses Telefonat an jenem Freitag vor Pfingsten alles in Kellers Leben.

2

»Nee, ich hab Hunger.« Engelchen legte unterstützend die Hand auf ihren Bauch.

»Muss warten! In Helmarshausen ist die Bank überfallen worden, der oder die Täter haben Geiseln genommen.« Keller passte das genauso wenig, aber Job war eben Job.

Seine Assistentin zog spielerisch eine Schnute und blickte dann scheinbar ergeben zur Zimmerdecke. Das mit einem tiefen Seufzer geäußerte »Pizza ade!« kam tief aus ihrem Inneren.

Obwohl sie sich beeilten und mit Blaulicht über die B 83 rasten, brauchten sie doch vierzig Minuten, um vor Ort zu sein. Die Bundesstraße nahe dem Ortsausgang von Helmarshausen war teilweise gesperrt und nur noch einspurig befahrbar, ein Polizist regelte den Verkehr. In der Nähe hatte sich eine beträchtliche Menge an Schaulustigen versammelt, doch war der Tatort nur notdürftig abgesperrt. Als sie sahen, dass Polizeioberkommissar Marcus Kneipp bereits auf sie wartete, steckten Engelchen und Keller ihre Ausweise gleich wieder ein.

»Morgen Kneipp, irgendwelche Veränderungen?« Keller war der Appetit schon im Auto vergangen. Der Kommissar hatte die ganze Fahrt über nervös auf die Uhr geschaut und gehofft, dass sich in der Zwischenzeit nichts ergeben hatte, was seine Arbeit zusätzlich behindern würde. Auf eine Geiselnahme zum Beispiel hatte er an keinem Tag im Jahr Lust.

»Nein, der oder die Täter sind immer noch in der Bank. Ein Schuss ist gefallen, wir wissen jedoch nicht, ob es Verletzte gibt oder nicht.«

»Wie viele Menschen mögen in der Bank sein?« In Kellers Gehirn manifestierten sich verschiedene Szenarien.

»Die Zentrale sagt, dass drei Mitarbeiter heute Morgen hinter dem Schalter stehen beziehungsweise Beratungen durchführen.«

Der Kommissar holte tief Luft. »In Ordnung, vielen Dank. Haben wir eine Verbindung in die Bank?«

»Ja, gehen Sie zum Einsatzwagen.«

Engelchen blieb bei Kneipp, während Keller sich

dem Einsatzwagen näherte, auf den der Polizeioberkommissar gedeutet hatte. Den Beamten in der Tür des Transporters kannte er nicht, der musste neu sein.

»Keller, Kripo Nordhessen, ich möchte mit den Geiselnehmern sprechen.«

»Okay, wählen Sie einfach die ›1‹, dann klingelt es.« Der Beamte kam leicht unterwürfig rüber, stand er doch sofort auf, als der Kommissar im Wagen erschien.

Es dauerte einen Moment, bis die Verbindung zustande kam, und weitere quälende fünfzehn Klingelzeichen, bis jemand den Hörer abhob. Keller hatte inzwischen erneut einen Blick auf seine Armbanduhr geworfen.

»Kriminaloberkommissar Ernst Keller von der Kriminalpolizei Nordhessen«, sagte er betont freundlich in den Hörer, dann kam er gleich zur Sache. »Wer sind Sie, und was wollen Sie?«

»Nennen Sie mich Charley Varrick«, schnarrte es ihm entgegen. »Ich will hier raus, ansonsten erschieße ich eine der Geiseln.«

Keller runzelte die Stirn. ›Varrick‹. Sehr lustig. Hörte sich an, wie ein amerikanischer Bankräuber im ländlichen Montana. Allerdings wurde der Gedanke durch das Wort ›Geiseln‹ sofort im Keim erstickt.

»Wie viele Personen sind noch in der Bank?«, wollte er stattdessen wissen.

»Denken Sie, dass ich so blöd bin und Ihnen das auf die Nase binde?«

Nein, nicht wirklich, aber man kann es ja mal

versuchen, dachte Keller. »Was wollen Sie?«, bohrte er weiter.

»Freien Abzug. Ich will einen vollgetankten Fluchtwagen und freien Abzug. Was haben Sie für einen Wagen?«

»Einen Audi A3 – mit halbvollem Tank.« In Gedanken fügte er hinzu: und gut ortbarer Polizeielektronik.

Keller merkte, wie auf der anderen Seite der Leitung die Muschel zugedrückt wurde. Varrick sprach anscheinend mit einer anderen Person. Keller bedeutete den Kollegen im Überwachungswagen mit einer raschen Handbewegung, still zu sein. Er musste sich ganz auf die Geräusche aus dem Telefonhörer konzentrieren. Wenn alle um ihn herum absolut leise waren, konnte er den Ganoven gerade noch verstehen.

»Hey, Mann, was fährst du für ein Auto?« Die Stimme klang ungeduldig.

Doch bekam der Mann scheinbar keine Antwort.

Jetzt hörte Keller eine Mädchenstimme. »Mein Papa fährt ein rotes Auto.«

»Wann wart ihr das letzte Mal tanken?«

»Gerade eben, in Karlshafen. Der nette Mann hinter dem Tresen hat mir diesen leckeren Lutscher geschenkt.«

Keller schloss die Augen. Oh nein, dachte er. Bitte nicht! Das hat uns gerade noch gefehlt!

»Sehr schön«, sprach der Mann weiter und klang dabei leicht genervt. »Wo hat dein Vater den Autoschlüssel?«

»Oben in seinem Rucksack.«

Keller hörte ein Herumstöbern, der Geiselnehmer brauchte wohl beide Hände und hatte den Hörer zur Seite gelegt.

»Wir beide machen jetzt einen Ausflug«, ertönte es in einem süßlichen Ton aus dem Hörer. Keller konnte sich geradezu vorstellen, wie Varrick sich zu einem überzeugenden Lächeln zwang. Er kannte den Mann nicht, aber so, wie er mit dem kleinen Mädchen sprach, konnte man annehmen, dass er selbst keine Kinder hatte.

»Und Papa?«

»Der ruht sich aus.«

Keller erstarrte.

»Aua, du tust mir weh.« Die Stimme des Mädchens wurde zunehmend furchtsamer.

»Stell dich nicht so an, du kommst jetzt mit.«

»Ich will nicht.«

Keller hörte, dass der Mann den Hörer wieder freigab. Ein wummerndes Geräusch dröhnte an sein Ohr, wahrscheinlich war das Telefon heruntergefallen, doch kurze Zeit später sprach der Mann weiter.

»Hören Sie, Keller. Ich komme jetzt mit dem Mädchen raus, und wir fahren in einem der Autos auf dem Parkplatz weg. Lassen Sie mich friedlich fahren, und dem Mädchen geschieht nichts. Und kommen Sie nicht auf die Idee, sie zu befreien – ich bin bewaffnet!«

»Gut«, mehr fiel Keller in diesem Moment nicht ein. Er war noch mit dem, was er eben mit angehört hatte, beschäftigt. ›Der ruht sich aus.‹ Das gefiel ihm verdammt noch mal gar nicht! Und jetzt

16

hatte der Typ auch noch ein kleines Mädchen in seiner Gewalt! Keller stieg aus dem Wagen – es blieb ihm nichts anderes übrig, als zu warten.

Keller war sauer, schließlich hatte er keine Lust, sich hier die Beine in den Bauch zu stehen – so viele Treppen, wie er heute Morgen schon gestiegen war.

Es war schließlich Viertel vor elf, als sich die Tür der Bankfiliale öffnete und der Mann nach fünf ewig lang scheinenden Minuten endlich hinaustrat.

Er war also alleine, ging es Keller durch den Kopf.

Obwohl in der Umgebung der Bank Einsatzkräfte mit Schusswaffen positioniert waren, kam niemand auf die Idee, zu schießen. Der Mann hielt ein zirka fünfjähriges Mädchen mit festem Griff umfasst. In der anderen Hand umklammerte er, für alle Umstehenden deutlich zu erkennen, eine Pistole, die er provokativ auf den Körper des Kindes gerichtet hielt, das mit angsterfüllten Augen in die Runde schaute. Bei einem finalen Rettungsschuss würde auch das Mädchen sofort sterben.

Keller fuhr ein kalter Schauer durch den Körper. Das Mädchen sah aus wie Selma, die Tochter von Holger E. Meier. Er war sich jedoch nicht ganz sicher, da Selma erst vor kurzem von Hamburg nach Calden gezogen war und Keller das Mädchen bislang nur von einem Foto kannte.

»Sagen Sie Ihren Leuten, dass sie den Parkplatz da drüben räumen sollen!«, schrie Varrick.

Keller tat, wie ihm geheißen, und gab mit einem heftigen Schwenken seines Armes den Polizisten das Zeichen, sofort von ihrem derzeitigen Standort zu verschwinden.

Erst jetzt erkannte Keller den roten Corsa, der dort in der Sonne stand.

Hoffentlich nicht *der*, schoss es ihm durch den Kopf.

Aber der Mann und das Kind gingen genau auf diesen Wagen zu.

»Geben Sie doch wenigstens das Kind frei, über alles andere können wir reden.« Keller musste diesen Satz aussprechen, obwohl er wusste, wie stereotyp er klang.

»Für wie dumm halten Sie mich eigentlich? Sobald ich das Kind freilasse, knallt ihr mich doch ab.«

Keller konnte hierauf nichts erwidern. Was sollte er auch sagen? »Dann versprechen Sie mir wenigstens, das Kind freizulassen, sobald Sie außer Gefahr sind«, versuchte er es trotzdem ein weiteres Mal.

»Einen Teufel werde ich tun!«, schrie der Kidnapper zurück und drückte die Kleine noch enger an sich. »Ist das das Auto von deinem Papi?« Noch einmal verstärkte er den Druck.

Die Kleine, von deren Gesicht sich ablesen ließ, dass sie den Ernst der Situation längst begriffen hatte, nickte.

Keller fluchte innerlich. Das Mädchen war also die Tochter von Holger E. Meier – seinem früheren Intimfeind, mittlerweile Fast-Freund und Inzwischen-Lebensabschnittspartner seiner Assistentin Herta ›Engelchen‹ Engel. Der Gauner wollte mit

Meiers Auto fliehen. Meier! Was war mit Meier? Wieder hörte er den Satz in seinem Kopf. ›Der ruht sich aus.‹ Er hielt die Ungewissheit nicht mehr aus. »Was ist mit Meier? Dem Vater des Kindes? Geht es ihm gut?«

»Der Typ in der Jeansjacke? Der blutet drinnen in der Bank lustig vor sich hin.«

Das kleine Mädchen fing nun an zu wimmern und wand ihren Körper in der groben Umklammerung. »Ich will zu meinem Papa! Wir wollten eine Gitarre kaufen! Lass mich los!«, weinte sie.

Keller drehte sich der Magen um. »Sie Schwein!«, brüllte er. »Nicht nur dass Sie eine Bank ausrauben und ein Kind entführen: Sie haben auch noch einen Menschen angeschossen!«

»Berufsrisiko.« Varrick grinste fies unter der Maske.

»Ich kriege Sie, verlassen Sie sich darauf«, zischte der Kommissar und ballte die Fäuste.

Jetzt machte Keller seinen ersten entscheidenden Fehler. In diesem Moment war er so auf den Verbrecher konzentriert, dass er nicht sah, wie ein silberfarbener Ford Focus langsam die Steinstraße entlangfuhr.

3

Der Hubschrauber war nicht rechtzeitig vor Ort, sodass sich die Spur des roten Corsas schnell verlor. Alle Beteiligten gingen jedoch davon aus, dass er sich nicht weit vom Tatort entfernt hatte. Die in Deisel, Herstelle, Haarbrück, Gottsbüren, am Forellenhof und dem ehemaligen Gasthof Waldesruh an der Abzweigung der K76 zur B 80 errichteten Straßensperren hatten noch nichts gebracht. Der Täter musste, so hoffte Keller, das Auto abgestellt haben und zu Fuß weitergelaufen sein. Keller ging davon aus, dass er sich deswegen noch innerhalb des abgeriegelten Bereichs befand. Und das hatte, trotz allem, etwas Beruhigendes.

Keller war zu einem Termin beim Polizeipräsidenten einbestellt. So etwas machte der PP üblicherweise nicht alleine, Oberstaatsanwalt Herbst würde sicher auch mit dabei sein.

»Was fällt Ihnen ein, einem Täter in dieser Situation zu drohen, haben Sie in Psychologie damals überhaupt nichts gelernt?«, schleuderte ihm der König der Uniformierten entgegen.

»Es tut mir leid, Herr Polizeipräsident, der Angeschossene ist ein Freund von mir.«

»Ich weiß, Ihr Freund Meier von der HNA, dem Sie ab und zu ein paar interne Informationen haben zukommen lassen.«

»Ich habe Ihnen schon mehrfach gesagt, dass ich keine Informationen weitergegeben habe.« Keller hatte es satt, sich noch immer für Engelchens Indiskretionen im Winkelmann-Fall rechtfertigen zu müssen. Natürlich konnte er sie auch nicht einfach so verraten – er war da in einer echten Zwickmühle.

Oberstaatsanwalt Herbst mischte sich ein. »Die Untersuchung läuft noch, im Augenblick sieht es jedoch nicht so aus, dass KOK Keller Informationen nach außen getragen hat.«

Keller konnte lediglich einmal tief durchatmen, bevor der Jurist, der ihn scharf in Augenschein genommen hatte, fortfuhr: »Nichtsdestotrotz haben Sie sich vollkommen falsch verhalten und dadurch nicht nur einem Täter zur Flucht verholfen, sondern auch das Leben des Kindes gefährdet.«

»Es tut mir leid, mehr kann ich dazu nicht sagen.« Keller schaute verschämt auf den Boden.

Der Polizeipräsident war inzwischen aufgestanden, um den Schreibtisch herumgelaufen und direkt vor Keller zum Stehen gekommen. »Was wissen Sie über das Kind?«

»Nur dass sie die Tochter von Meier ist und Selma heißt.«

»Viel ist das nicht.« Der Polizeipräsident seufzte schwer.

Oberstaatsanwalt und Polizeipräsident wechselten einen Blick, scheinbar wollten sie sich verständigen. Der Polizeipräsident sprach Keller mit ernster Miene an.

»Sie werden trotz alledem die Ermittlungen weiterführen, Sie kennen die Gegend und den Vater des Kindes.« Nach einer kurzen Pause fügte er hinzu: »Wie geht es Meier überhaupt?«

Nett, dass du überhaupt fragst, dachte Keller. Laut sagte er: »Nicht gut, er hat viel Blut verloren. Ich werde gleich zu ihm in die Notaufnahme ins Kasseler Klinikum fahren, vielleicht kann er mir etwas sagen.«

Der Präsident zog skeptisch die Augenbrauen

hoch. »So wie Sie es beschreiben, glaube ich das zwar kaum, aber bitte, versuchen Sie Ihr Glück.«

Keller wollte sich schon umdrehen und gehen, da schob der Oberstaatsanwalt noch etwas nach. »Und anschließend fahren Sie umgehend wieder nach Karlshafen. Sie sollten reagieren können, falls eine Lösegeldforderung eingeht.« Er warf einen Blick auf den Polizeipräsidenten. »Jegliche Freizeit ist erst einmal gestrichen.«

Der Polizeipräsident nickte, und damit war das Urteil gefällt – das Orange-Blossom-Festival musste 2015 ohne Keller stattfinden. Auf dem Weg ins Klinikum rief er Klaus an, um ihm – wieder einmal – abzusagen.

4

Keller fragte sich nur einen kurzen Moment, wo Engelchen inzwischen abgeblieben war. Er kam schnell darauf, dass sie wahrscheinlich bereits im Kasseler Klinikum auf ihn warten würde. Schließlich war ›Holgi‹ doch nun ihr Freund. Dies konnte Keller noch immer nicht fassen.

Der Kommissar parkte direkt vor dem Krankenhaus in der Haltezone. Er zeigte dem Mann vom Sicherheitsdienst, der vor dem Eingang postiert war, seinen Ausweis und schärfte ihm ein, dafür zu sorgen, dass der Wagen nicht abgeschleppt werden würde.

Am Informationsschalter erkundigte er sich nach

Meier, und man schickte ihn in die Notaufnahme in den sechsten Stock. Keller war verwundert: Am dortigen Empfangsschalter angekommen, blinkte ihm bereits ein Anzeigemodul über der Theke mit Meiers Namen und dessen Daten entgegen. Die Werte für Blutdruck und Herzfrequenz sprangen ständig zwischen Gelb und Rot hin und her. Soweit er es beurteilen konnte, sah es nicht gut aus.

Ein Assistent im blauen Kittel sah ihn fragend an.

Keller räusperte sich. »Kommissar Keller, ich möchte zu Herrn Meier.«

Der Assistenzarzt nickte. »Gehen Sie ruhig schon mal rein, seine Frau ist auch schon da, Zimmer 48. Der Arzt kommt gleich, wir haben gerade einen Notfall.«

Keller dankte dem Mann und schob die Tür auf. Sie hatte sich als seine Frau ausgegeben? Nun ja, im Moment war seiner Assistentin wohl nichts anderes übrig geblieben.

Engelchen saß mit roten Augen auf einem Stuhl an Meiers Bett. Das zweite Bett im Raum war leer und war mit einem Plastiküberzug gegen Verschmutzung geschützt, auf dem Monitor stand ›Patient entlassen‹.

»Wie geht es ihm?«, fragte Keller und blieb zuerst unschlüssig stehen, bevor er sich einen Stuhl nahm, der vor einem kleinen Tisch stand, und sich setzte.

»Schlecht. Er hat viel Blut verloren, weil er so lange in der Bank gelegen hat. Mit dem Arzt habe ich aber noch nicht gesprochen.«

»Der kommt gleich. Du weißt, dass es strafbar ist, sich als jemandes Frau auszugeben, Frollein?«

»Natürlich, aber was sollte ich machen? Ich wollte ihn doch unbedingt sehen. Kannst du mir vielleicht aus dieser Situation raushelfen? Ausnahmsweise?« Unterstützend machte Engelchen besonders große Augen.

»Ich werde es versuchen. Schauen wir doch erst einmal, wie der Arzt so ist.«

Die kommenden Minuten saßen sie schweigend am Bett. Meier war bewusstlos und bewegte sich überhaupt nicht. Er brauchte sicher alle Kraft, um den Blutverlust zu kompensieren.

Nach einer Viertelstunde wurden sie endlich erlöst, die Schiebetür begann sich zu öffnen, der Arzt, ein schlanker Mann Anfang vierzig, trat ein und reichte ihnen die Hand.

»Dr. Ullrich Wessel, ich bin der behandelnde Arzt, ich habe Herrn Meier vorhin auch operiert. Und Sie sind?«

»Kriminaloberkommissar Ernst Keller, dies ist meine Assistentin Herta Engel.«

Er schaute Engelchen an »Man sagte mir, die Frau des Opfers sei ebenfalls hier, wo ist sie?«

Keller schaute auf Engelchen. »Die ist gerade gegangen, Sie konnte die Situation nicht ertragen. Frau Engel ist jedoch ihre Schwester. Die beiden haben sich immer sehr gut verstanden, daher geht das hier Frau Engel auch so nahe.«

Der Ansatz eines Lächelns ging über Wessels Gesicht. Keller war nicht sicher, ob der Arzt die Situation nicht doch durchschaut hatte.

24

»Wie geht es ihm?« Dies war für Keller zurzeit die wichtigste Frage, und nachdem Engelchen sie ihm schon aus ihrer Perspektive beantwortet hatte, wollte er nun die Meinung des Arztes hören.

»Er hat durch den Schuss in den Oberarm viel Blut verloren. Die Kugel hat die Schlagader verletzt. Wir sind im Augenblick vorsichtig optimistisch – nicht mehr und nicht weniger.«

»Die Werte hier zeigen etwas anderes«, warf Engelchen mit fester Stimme ein.

»Die sind auch nicht für Ihre Augen bestimmt.« Sagte es und schaltete die Anzeige aus. Der Bildschirm wurde schwarz. »Sie können im Augenblick nichts für Herrn Meier tun. Ich kann Sie jedoch anrufen, wenn sich etwas verändert.«

Keller griff in seine Jacketttasche. »Dann gebe ich Ihnen meine Karte. Sie können mich jederzeit anrufen. Ich muss unbedingt so schnell wie möglich mit ihm sprechen.«

Der Arzt machte ihm wenig Hoffnung. »Das können Sie in den kommenden achtundvierzig Stunden sicher nicht, dafür ist er zu schwach.«

Keller wollte nicht wissen, was nun in Engelchen vorging: Ihr Freund lag hier schwerverletzt, keiner wusste, ob er überleben würde. Das Schlimmste war jedoch, dass sie es im Zweifelsfall noch nicht einmal aus erster Hand erfahren würde, wenn sich sein Zustand verschlechterte.

Langsam erhob er sich und ging dann Richtung Ausgang. »Kommen Sie, Frau Engel, wir gehen.«

Widerwillig schloss sich Engelchen ihrem Chef an.

Sie waren bereits im Aufzug, da nahm sie Kellers Hand und drückte sie leicht. »Danke.«

Er grinste schwach. »Nicht dafür. Aber überlegen Sie beim nächsten Mal erst, bevor Sie sich für eine Andere ausgeben.«

»Das heißt ›du‹, Chef.«

Keller kommentierte die letzten Worte seiner Assistentin nicht. Er war im tiefsten Inneren immer noch sauer, dass sie ihn an der Imbissbude damals so überrumpelt hatte und er nun mit seiner Assistentin per du war.

5

Der Tag war aber noch lange nicht vorbei. Eigentlich sollte Keller zu dieser Zeit auf dem Orange-Blossom-Festival in Beverungen bei guter Mucke bereits das erste Bier trinken. Es war gerade halb sechs, und das Festival hatte wahrscheinlich gerade wie üblich mit dem ersten – wie immer gewagten – Witz des Moderators begonnen. Die ersten Takte von ›Easy October‹ eröffneten ›das beste kleine Open-Air-Festival der Welt‹, wie der ›Rolling Stone‹ es nannte. Kellers Freund Klaus war inzwischen bereits alleine nach Beverungen aufgebrochen.

Engelchen und er saßen hingegen nur elf Kilometer vom Geschehen entfernt im Polizeiposten Bad Karlshafen und zerbrachen sich die Köpfe. Hier im Landgraf-Carl-Haus am Hafen gelegen war die Einsatzzentrale für die ›Soko Selma‹. Statt je nach Gemüt zünftig oder ruhig das wohlverdiente Wochenende einzuläuten, saßen sieben Beamte aus Kassel permanent in der ehemaligen Schule und koordinierten die verschiedenen Einsatzteams.

Kellers Gedanken, die eben noch bei einem vor der Konzertbühne auf und ab springenden Klaus gewesen waren, beschäftigten sich nun mit dem weiteren Tagesablauf und dem eigenen Rhythmus. Im Gegensatz zu den Suchmannschaften, die sich vor der einsetzenden Suche am kommenden Morgen noch eine Mütze voll Schlaf gönnen konnten, würde er aller Wahrscheinlichkeit nach nicht in die Federn sinken können. Mit viel Glück hatte irgendjemand für ihn ein Bett in einer der zahlreichen Pensionen des Kurortes organisiert. Mit noch mehr Glück hätte er mitten in der Nacht vielleicht die Gelegenheit, sich einmal für zwei, drei Stunden zurückzuziehen. Wie gesagt – wenn er Glück hatte.

In den folgenden Stunden gab es wegen der bald einsetzenden Dunkelheit einiges zu organisieren: Die Straßensperren mussten aufrechterhalten werden, der Täter und sein Opfer durften nicht entwischen. Gleichzeitig musste die komplette Gegend inklusive der kleinsten Waldhütte durchsucht werden. Die beiden konnten überall sein. Das Suchgebiet war nicht riesig. Die Umgebung bestand in der Hauptsache aus dem Reinhardswald, der jetzt plötzlich die Bedrohlichkeit und Düsterheit ausstrahlte, die ihm die Brüder Grimm in ihren Märchen so oft verliehen hatten.

Kellers Aufgabe war es vor allem, die Identität

des Täters zu ermitteln und sein Umfeld zu erforschen. Doch um sein Umfeld erforschen zu können, musste er zunächst herausfinden, mit wem er es eigentlich zu tun hatte.

»Engelchen, wo sind die Protokolle mit den Aussagen der übrigen Geiseln?«

»Drüben, auf Kneipps Schreibtisch.« Sie deutete auf eine Arbeitsplatte, die glänzte, als würde sie täglich mit Hingabe gewienert werden.

Keller dankte ihr und zog den ergonomisch geformten Schreibtischstuhl des Polizeioberkommissars zu sich. »Wo ist eigentlich Kollege Kneipp?«

»Jensen sagte mir, er wäre beim Zahnarzt.«

»Das arme Schwein.« Schon allein die Vorstellung eines Bohrers trieb Keller die Schweißperlen auf die Stirn.

»Er will aber nachher noch vorbeikommen.«

Der Kommissar setzte sich und begann, die acht Schnellhefter durchzuschauen. Zum Zeitpunkt des Überfalls waren neben Meier, seiner Tochter Selma sowie dem Bankpersonal noch drei weitere Personen in der Bank gewesen: Eine Frau Sternkopf, zweiundachtzig Jahre alt, die sich ihre Kontoauszüge immer persönlich aushändigen ließ, Herr Jansen, zweiundvierzig Jahre alt, der ein Beratungsgespräch gehabt hatte, und ein gewisser Oliver Tolle, vierundzwanzig Jahre alt. Er wollte am Schalter Geld abheben.

»Und?«, fragte ihn Engelchen, nachdem Keller eine Viertelstunde sichtbar lustlos in den Unterlagen geblättert hatte.

»Nichts«, seufzte der und hielt ihr ein Blatt vor die Nase. »Am interessantesten ist noch dieser Tolle, er könnte ein stiller Komplize sein, der nur in Erscheinung getreten wäre, wenn es ernst geworden wäre.«

»Viel zu riskant!«, entfuhr es Engelchen daraufhin. »Er musste doch damit rechnen, dass wir alle Zeugen eindringlich befragen würden.«

Keller nickte zustimmend. »Das sehe ich auch so. Aber im Augenblick ist er für uns der einzige kleine Hauch einer Spur. Laden Sie ihn bitte noch einmal für morgen zwölf Uhr vor, vielleicht bringt es ja was.«

Nach kurzer Pause fiel ihm noch etwas ein. »Was ist mit den Hinweisen aus der Bevölkerung?«

Engelchen, die immer noch auf Tolles Zeugenaussage starrte, die sie ihrem Chef abgenommen hatte, antwortete: »Da gibt es wenig. Die Unterlagen hat Kneipp, er wird sie hoffentlich später mitbringen.«

Plötzlich entfuhr ein deutlich hörbares Grummeln Kellers Magen, und der Kommissar strich sich entschuldigend über den Bauch. »Weißt du, wo wir schnell und gepflegt eine Kleinigkeit essen können? Ich bin nicht mehr so oft hier und daher nicht auf dem neusten Stand.«

Engelchen schmunzelte wissend, legte die Zeugenaussage auf der Arbeitsplatte ab und strich sich mit einer eleganten Handbewegung eine blonde Strähne hinter das Ohr. »Da habe ich schon die Eingeborenen gefragt. Entweder im ›Hessischen Hof‹ oder im ›Weser Garten‹.«

Der Kommissar stand auf. »Das hört sich doch gut an. Komm, gehen wir gleich, ich lade dich ein.«

Engelchen lächelte. »Das lasse ich mir sicher nicht zweimal sagen.«

6

Sie hatten gerade wieder die Räumlichkeiten des Polizeipostens betreten, da blaffte es ihnen auch schon entgegen: »Wo waren Sie denn, ich habe Sie gesucht!«

Keller, der sich ausmalte, dass Kneipp gerade die schlimmsten Minuten seines Lebens im Stuhl eines sadistischen Zahnquacksalbers verbracht hatte, nahm seinem Kollegen den kleinen Ausraster aber trotzdem krumm. »Irgendwann muss der Mensch ja was essen«, antwortete er borstig.

»Hat es denn wenigstens geschmeckt?«

»Danke der Nachfrage, aber bei Ihnen ist Essen ja derzeit kein Thema?« Jetzt war er wirklich sauer, schließlich war er auch nicht zum Spaß hier. Eigentlich wäre er nun beim vierten oder fünften Bier, bei lauter Musik und unter netten Leuten.

Kneipps Reaktion zeigte, dass Keller den Nerv getroffen hatte.

»Danke, dass Sie mich wieder daran erinnert haben. Ich hatte es bis gerade eben erfolgreich verdrängt.« Zur Illustration fasste er sich an die Wange.

»Bitte immer gerne. Haben Sie die Aussagen der Nachbarn und Schaulustigen mitgebracht?«

»Ja«, antwortete Kneipp nach einem kurzen Zögern, »aber die helfen uns auch nicht weiter. Ich setze mehr Hoffnungen in die Aufrufe in Funk und Fernsehen. Heute Nachmittag waren bereits mehrere kurze Berichte in der ›Hessenschau kompakt‹.«

Keller zuckte mit den Achseln. »Hoffen wir das Beste. Und jetzt zeigen Sie mal, was Sie haben.« Er blätterte die wenigen Seiten durch, die Kneipp ihm in die Hand gedrückt hatte. »Sie haben recht, damit kann man weder einen Bankräuber noch einen Entführer fangen.«

»Wissen wir inzwischen etwas über den Täter?« Kneipps Blick wanderte von Keller zu Engelchen.

»Nein. Nur dass er zirka fünfundzwanzig Jahre alt und ungefähr einen Meter achtzig groß ist, lange, dunkelbraune Haare und einen leicht südhessischen Dialekt hat. Bekleidet war er mit einer Jeans – dazu einer weinroten Jacke. Und er trug weiße Turnschuhe.«

»Ich dachte, er trug eine Strumpfmaske? Woher kennen wir dann seine Haarfarbe?«, fragte Kneipp skeptisch.

»Ja, die trug er. Aber die Haare konnte man noch erkennen«, klärte Keller ihn auf.

»Perücke?«, warf Engelchen ein.

»Glaube ich nicht, zusammen mit der Maske viel zu viel Gewusel.«

»Ein Babbler und Äppelwoi-Trinker. Was hat der denn hier verloren?«, war Engelchens Résumé.

»Vielleicht denkt er, dass er hier auf dem Land ein leichtes Spiel hat. Aber wir wissen doch alle, dass sich Bankraub nicht lohnt und dass nur die wenigsten entkommen können. Die Bankräume werden überwacht, das Personal ist geschult und das Geld gekennzeichnet.«

Bevor Kneipp sein ganzes Schulwissen zum Thema Banküberfälle zum Besten geben konnte, wurde er von Keller etwas unsanft unterbrochen. »Der Bankraub ist mir scheißegal, ich will den Mistkerl kriegen und Meiers Tochter befreien.«

»Meier hat eine Tochter? Das wusste ich nicht«, sagte Kneipp erstaunt.

»Selma trägt den Nachnamen ihrer Mutter, Vera Schrick«, erklärte ihm Keller missmutig. Hatte sich der Landbulle denn überhaupt nicht über den Fall informiert, ging es ihm durch den Kopf. Doch dann dachte er an Kneipps Zahnschmerzen und daran, dass er erst kurz vor ihnen hier angekommen war. Noch so eine Zurschaustellung der Unwissenheit durfte sich sein Kollege aber nicht leisten.

»Hatte er Komplizen?«, fragte Kneipp weiter.

»Die haben sich bisher noch nicht hier gemeldet«, blaffte Keller Kneipp unwirsch an.

»Lass den armen ›Trendelburger Patienten‹ mal in Ruhe, er kann auch nichts dafür.« Engelchen wollte das Gespräch wieder auf ein sachliches Niveau herunterholen.

»Sie haben recht, entschuldigen Sie.« Keller glaubte, eine leichte Rötung seines Gesichts zu spüren.

»Geschenkt. Wie geht es Meier?«

»Holger liegt noch immer auf der Notaufnahme in Kassel. Sie wissen nicht, ob er durchkommen wird.« Engelchen drehte geistesabwesend eine Locke um ihren Finger.

»Das tut mir leid«, sagte Kneipp mit einem Blick auf Kellers Assistentin. »Sie scheinen sich menschlich näher gekommen zu sein?«

»Ein himmlischer Betriebsunfall«, antwortete Keller. Sehr auffällig richtete er just in diesem Moment seine Augen ebenfalls auf die junge Dame neben sich.

Dann ließ er seinen Blick zwischen den Umstehenden umherwandern. »Wie viele von uns bleiben heute Nacht hier?«

Kneipp hatte die organisatorischen Dinge zu regeln, darum antwortete er: »Mit uns Dreien sind wir zu siebt.«

Keller nickte. »Es ist jetzt Viertel vor neun. Um neun Uhr machen wir eine Lagebesprechung. Ich muss noch telefonieren.«

Dann ging er hinaus und lief zur Weser hinunter. Es hatte leicht zu nieseln begonnen, als er auf seinem Handy die Nummer des Krankenhauses wählte.

7

»Zunächst mal eine gute Nachricht: Holger Meier, der angeschossene Lokalredakteur der HNA, ist auf dem Weg der Besserung. Er ist noch nicht über den Berg, aber die Blutung konnte gestoppt werden. Solange sich keine Infektionen einstellen, kann er sich mit der entsprechenden Ruhe wieder aufrappeln und uns allen schon bald wieder auf die Nerven gehen.« Keller war froh, diese Nachricht verkünden zu können.

Gemurmel ging durch den Raum. Keller fuhr fort, hatte er doch noch etwas Wichtiges zu vermelden. »Meier war übrigens einen ganz kurzen Moment wach und konnte der diensthabenden Ärztin einen Hinweis geben. Demnach hatte der Täter einen Komplizen.«

»Tolle?«, sprang es Engelchen heraus.

»Vielleicht.« Keller schaute in die Runde, Engelchen und fünf Kollegen saßen mit ihren Kaffeetassen rund um den kleinen Besprechungstisch. »Gehen wir mal der Reihe nach vor. Was haben Sie?«

Kneipp begann: »Die Kollegin ist nach Calden gefahren, um mit der Mutter von Selma zu sprechen und ein Foto des Mädchens zu besorgen. Um zweiundzwanzig Uhr dreißig beginnt ›Hessenschau kompakt‹, da wollen wir ein Bild des Kindes zeigen.«

»Wie geht das so schnell, muss das Bild nicht noch eingescannt werden?«

»Das machen wir später, zunächst muss das abfotografierte Handybild reichen. Das Bild geht direkt an mich und die Kollegen in Kassel, die sollen es dann noch ein wenig aufhübschen.«

»Straffes Programm bis halb elf.« Keller sah sich um. »Der Nächste.«

»Ich bin Polizeioberkommissar Martin Jensen, ein Kollege von Herrn Kneipp.« Nach einer kleinen Pause fuhr der schlaksige Schwarzschopf mit der auffälligen Sonnenbrille und dem typischen nordhessischen Zungenschlag fort: »Alle Straßensperren sind aktiv, ohne Ausweiskontrolle kommt hier kein Auto aus dem Gebiet rein oder raus. Die Beschreibung des Mannes, des Kindes und des Autos liegen den Beamten vor. Es gibt aber noch keine neuen Erkenntnisse. Morgen nach Sonnenaufgang beginnen die Beamten, das Gebiet systematisch zu durchsuchen.«

»Vielen Dank. Nun Sie.« Kellers Blick fiel auf einen Mann, der wie er nicht in Uniform war. Das Auffälligste an ihm waren die blitzsauberen schwarzen Lackschuhe. Er trug eine schwarze Jeans, ein weißes Hemd und ein dazu passendes Sakko.

»Kriminalkommissar Anton Berg, ich bin für die Befragung der Zeugen zuständig. Bislang haben wir noch keine brauchbaren Erkenntnisse.« Er schaute auf Engelchen und Keller. »Die Beobachtungen decken sich mit den Ihrigen.«

Kellers nächste Frage ging an alle. »Hat denn niemand ein Foto mit seinem Handy gemacht, heute wird doch alles fotografiert?«

»Stimmt. Bis jetzt haben wir jedoch keine Fotos vorliegen«, antwortete Engelchen.

Der Kommissar schaute die beiden bislang stummen Polizisten an, dann ließ er seinen Blick über die restlichen Gesichter streifen. »Gibt es sonst noch irgendetwas zu berichten?«

Kopfschütteln.

»Nein, wir hoffen«, sagte Engelchen, »dass die Ausstrahlung des Berichtes in der ›Hessenschau‹ neue Erkenntnisse bringt.«

8

Schnell floss die Weser am Campingplatz in Bad Karlshafen vorbei, aus einem der zahlreichen Wohnmobile drang ein schwaches Licht nach außen. »Nelleke, kannst du schon mal den Fernseher anmachen?« Der Kopf von Jasper van Kamp steckte in einer Kühltasche, und seine Stimme dröhnte dumpf aus deren Inneren. »Gleich kommen auf hr-Fernsehen Nachrichten. Ich will sehen, ob sie über die Banküberfall berichten.«

»Heel graag.« Nelleke hatte lässig die Beine auf einen der Sonnenstühle gelegt, die sie über Nacht immer in das Wohnmobil stellten. Auf dem kleinen Tisch standen noch die Reste des Abendessens. Ihr Mann setzte sich neben sie. Offenbar hatte er das gefunden, wonach er gesucht hatte, denn er stellte eine gekühlte Flasche Bier auf den Tisch. »Sprich Deutsch, Nelleke«, tadelte er seine Frau. »Wir sind hier in Deutschland und moeten jede Gelegenheit nutzen, die Sprache zu oefenen. Schließlich willen wir uns hier doch vielleicht ein Huisje kaufen.«

»Ja, Jasper.«

Um Punkt halb elf setzte sich Nelleke zusammen mit ihrem Mann vor den kleinen Fernseher. Sein

Signal erhielt er über die Satellitenschüssel, die auf dem Dach des Wohnmobils montiert war und die in Richtung Krukenburg zeigte.

Jasper und Nelleke van der Kamp schauten gespannt auf den kleinen Bildschirm in ihrem Wohnmobil.

*

»Der brutale Banküberfall im nordhessischen Helmarshausen konnte noch immer nicht aufgeklärt werden. Heute Morgen gegen zehn Uhr hat ein Mann die Bankfiliale des kleinen Ortes überfallen. Mit einer Pistole hat er die Herausgabe des Geldes erzwungen. Als ein Mann mit dem Täter sprechen wollte, wurde er von diesem angeschossen. Unbestätigten Meldungen zufolge handelt es sich bei dem Opfer um einen in der Region bekannten Lokalredakteur der Hessisch/Niedersächsischen Allgemeinen Zeitung HNA. Dem Täter gelang die Flucht, indem er Selma S., die fünfjährige Tochter des Journalisten, als Geisel nahm und in dessen Auto floh. Es handelt sich dabei um einen roten Opel Corsa mit dem amtlichen Kennzeichen HOG-ES-1578. Der Journalist schwebt noch immer in Lebensgefahr.

*

»Ist das die Bank? Heel klein. Und diese viele Polizei!«

»Dat wirkt im Fernsehen irgendwie noch beunruhigender als heute Morgen. Da will man nur sein Urlaubsbudget aufstocken und ist auch schon mittendrin in einem Verbrechen!« Mit einem Ploppen öffnete Jasper die Flasche, grinste und nahm einen Schluck.

»Meinst du, die kriegen diese Typen?«, fragte Nellecke, nahm ihrem Mann das Bier aus der Hand, betrachtete das Etikett und trank ebenfalls.

»Bäh«, entfuhr es ihr, »das schmeckt mich nicht. Haben wir noch eine andere Marke?«

»Kannst du mal still sein? Ik will dat horen!«

*

Der Täter ist ungefähr einen Meter achtzig groß, zirka fünfundzwanzig Jahre alt und hat vermutlich sehr lange, dunkelbraune Haare. Auffällig ist, dass er einen südhessischen Dialekt spricht. Gekleidet war er in eine schwarze Jeans, dazu trug er eine weinrote Jacke und Turnschuhe. Ein Phantombild des Täters gibt es leider nicht, der Täter trug eine Strumpfmaske.

Das Mädchen ist fünf Jahre alt, zirka einen Meter zwanzig groß, blond, zwei Zöpfe, und sie ist Brillenträgerin. Sie war zum Zeitpunkt der Entführung mit einem dunkelblauen Kleid und Sandalen bekleidet.«

*

»Du bist in Wirklichkeit aber noch viel hübscher als auf dem Foto. Nur deine verweinten Augen gefallen mir nicht. Sei doch bitte so lieb und hör auf zu weinen.«

Das Mädchen sagte nichts und verschränkte nur die Arme. Bald darauf hörte der Mann wieder ein leises Schluchzen.

»Ich will zu meinem Papa.«

Er verlor die Geduld »Ruhe jetzt, ich will weiter zuhören.«

*

»Im Augenblick wird fieberhaft nach dem Mädchen und dem Täter gesucht, der sich irgendwo im Gebiet Bad Karlshafen/Helmarshausen und dem umgebenden Reinhardswald versteckt hat. Es ist davon auszugehen, dass der Täter einen ortskundigen Komplizen hat, bei dem er sich versteckt hält. Sachdienliche Hinweise bitte an die eingeblendete Telefonnummer oder an jede Polizeidienststelle. Alarmieren Sie bitte bei einem Verdacht sofort die Behörden. Handeln Sie auf gar keinen Fall auf eigene Faust, der oder die Täter sind gefährlich und machen von der Schusswaffe Gebrauch.«

*

Keller schaltete zufrieden den kleinen Fernseher aus, den Kneipp von zu Hause mitgebracht hatte. »Wenigstens etwas. So halten wir zumindest die ganzen selbsternannten ›A-Teams‹ davon ab, selbst auf die Suche zu gehen.«

Engelchen, die während der Sendung parallel

noch einmal die Zeugenaussagen durchgegangen war, schenkte ihrem Chef einen skeptischen Blick. »Meinst du, Ernst! Bei Kindern reagiert die Bevölkerung meist etwas empfindlicher. Die wirst du nicht stoppen können. Dafür sind die Mittel der Kommunikation heute viel zu gut«

»Ich weiß, Herta«, lenkte Keller ein, »zumal die Kleine Freunde und Verwandte im Ort hat. Ich möchte nicht wissen, was da jetzt los ist.«

»Sicher, Chef, doch werden das nur unnütze Diskussionen sein, die uns in der Sache nicht weiterbringen. Die Leute zerreißen sich ja über alles den Mund, solange es nur neu und interessant ist. Das steckt halt in uns Menschen drin. Daher gibt es ja auch zu jeder Katastrophe einen ›Brennpunkt‹ nach der Tagesschau.«

»Jetzt werde aber mal nicht philosophisch.« Der Kommissar hatte inzwischen damit begonnen, unruhig im Zimmer herumzuwandern.

»Tschuldigung, Chef.«

Keller seufzte. »Geschenkt. Wenn wir doch wenigstens einen kleinen Hinweis hätten.«

*

Auch die van der Kamps in ihrem Wohnmobil schalteten ihren Fernseher aus. Jasper öffnete die Tür.

»Wat denk je, Nelleke, zou ik morgen naar de politie moeten gaan?«

»Ik denk wel. Ik moet nu de hele avond aan het meisje denken.«

40

Es schepperte, als Jasper draußen die leere Flasche zurück in die unter dem Wohnmobil stehende Bierkiste stellte.

»Ruhe, verdammt noch mal«, tönte es aus der Nachbarschaft.

Jasper hätte am liebsten eine der leeren Weinflaschen vom vor ihm stehenden Klapptisch genommen und gegen den Wagen geworfen. »Klote«, fluchte er halblaut.

9

Keller schaute die beiden an. »Sie sind also Jasper und Nelleke van der Kamp aus Den Haag in den Niederlanden?«

»Ja, dat klopt.«

»Jasper, sprich Deutsch mit die Polizei.« Van der Kamps Frau war zwar klein, aber nicht schüchtern.

Keller ignorierte das kleine Zwiegespräch zwischen den Eheleuten. »Was haben Sie Schönes für uns?«

Jasper holte tief Luft. »Ich was gisteren auf die Krukenburg und wollte gerade in die Stadt laufen, als plötzlich viele Menschen vor die Bank waren.«

Keller unterdrückte ein Schmunzeln angesichts des multikulturell kreativen Satzes und fragte stattdessen: »Haben Sie irgendetwas Interessantes beobachten können?«

Herr von der Kamp schüttelte den Kopf. »Nein, aber ich habe eine Film gemacht. Da ist auch zu sehen, dass der Mann und het meisje in die rote Wagen wegfahren zijn.«

Engelchen, die bis jetzt ruhig auf ihrem Stuhl gesessen hatte, mischte sich ein. »Wollten Sie das Video dann zu Hause ihren Freunden vorführen? Oder warum haben Sie es aufgenommen?«

»Frau Engel, bleiben Sie sachlich, der Mann will uns helfen.« Keller war überaus froh, dass sich das Ehepaar bei ihnen gemeldet hatte und bedachte seine Assistentin mit einem vorwurfsvollen Blick, der den Niederländern aber verborgen blieb. Sie waren hier auf eine entscheidende Bereicherung ihres Materials in dem Fall gestoßen. Das war ein ungemeiner Fortschritt.

»Entschuldigung, ich reagiere auf das andauernde Knipsen und Filmen mit der Zeit allergisch.« Engelchen zuckte mit den Schultern.

»Wollen Sie die Film nun haben?«, fragte Jasper, in diesem Moment bereits ebenfalls etwas ärgerlich.

»Ja, wir ziehen ihn uns gerne auf den Rechner. Die Kollegen in Kassel können dann mal sehen, ob sie ihn noch verbessern können.« Engelchen streckte Jasper ihre Hand entgegen.

Jasper war jedoch etwas eingeschnappt, daher gab er Keller die Kamera und das Verbindungskabel in die Hand. Ratlos betrachtete er beides und wusste nicht weiter. Moderne Unterhaltungselektronik war nicht gerade seine Stärke.

Engelchen rollte mit den Augen. Sie streckte die Hand aus »Geben Sie schon her. Sie gehören für mich zu dem Typ Menschen, die sich ein neues

42

Handy kaufen wollen, nur weil mal der Akku leer ist.«

Noch bevor Keller irgendetwas erwidern konnte, drehte sie sich um und ging an Kneipps Arbeitsplatz, auf dem der Computer stand. Sie steckte das USB-Kabel in Kamera und PC, ihre Finger glitten mit einer Geschwindigkeit über die Tastatur, die Keller ganz schwindelig machte. Plötzlich lehnte sie sich zurück, sie schien das Ende des Kopiervorgangs abzuwarten.

Keller wandte sich wieder an das holländische Ehepaar. »Haben Sie sonst irgendetwas bemerkt?«

»Nein, ich habe ja die ganze Zeit gefilmt.«

Keller, der sich freute, dass die Leute ihren Urlaub in seinem Heimatort verbrachten, wurde nicht nur aus professionellen Gründen neugierig. »Wie lange bleiben Sie noch in Karlshafen?«

»Bis übernächsten Sonntag. Dann zijn unsere vakantie vorbei.«

»Das ist schade. Es gibt hier so viel zu sehen! Geben Sie mir doch bitte Ihre Handynummer, falls wir noch Fragen haben.«

Jasper schrieb die Nummer auf einen Zettel. Keller nahm ihn mit einem Wort des Dankes entgegen und ging zu Kneipps Schreibtisch, um Engelchen zu bitten, die Notiz entsprechend abzulegen.

Nun kam Kneipp hinzu, der das Gespräch aus der Ferne mitgehört hatte. »Und – was machen Sie heute noch Schönes?«

»Wir wandelen auf die Hugenottenturm, vandag ist so eine mooie dag. Und wir haben in Holland doch keine Berge.«

Keller kehrte zurück und gab Jasper seine Kamera. Engelchen hatte alle relevanten Daten gesichert. »Veel plezier en een fijne dag!«, verabschiedete er sich.

»Sie sprechen ja richtig gut Niederländisch!« Jasper strahlte mit einem Mal.

»Regelmäßiger Schul- und Sportaustausch mit 's-Gravenzande, der holländischen Partnerstadt von Bad Karlshafen. Damals habe ich sogar richtig gut Niederländisch gesprochen«, erwiderte der Kommissar, nicht ohne den Stolz in der Stimme unterdrücken zu können.

»Das ist ja – wie zeggen zij – direkt bei uns um die Ecke.«

Nachdem sie das Ehepaar verabschiedet hatten, mussten sich Engelchen und Kneipp wieder ernsten Dingen zuwenden.

»Wie lange dauert es, bis der Film fertig ist?«

Engelchen stemmte die Hände in die Hüften. »Mensch, Ernst! Die Kollegen in Kassel sollen ihn nur qualitativ verbessern, die aktuelle Fassung können wir uns auch jetzt schon anschauen. Es ist immer wieder erstaunlich, wie wenig Ahnung du von technischen Dingen hast.«

»Das ist eine Frage der Einstellung, nicht des Könnens. Dann mal los, es gibt ja sonst keine neuen Hinweise«, trieb Keller sie an.

Sie setzte sich wie selbstverständlich auf Kneipps Platz, der diesen wiederholten Überfall auf seinen Herrschaftsbereich mit einem leisen Grummeln quittierte. Engelchen brauchte drei Klicks, um das Video zu starten.

»Es muss von der Straße ›Zwischen Stadt und Burg‹ aufgenommen sein«, sagte Keller.

»In der Nähe der Schützenhalle«, fügte Kneipp hinzu.

Der Film dauerte rund neun Minuten, van der Kamp war erst kurz vor Ende des Dramas beim Tatort angekommen.

Keller war skeptisch. »Das ist alles verdammt klein, da werden wir nicht viel mit anfangen können.«

»Schauen wir mal, was die Kollegen aus Kassel daraus machen.« – Typisch Engelchen: immer optimistisch.

»Lass den Film bitte noch einmal laufen. Und passt jetzt bitte auf Details auf, die uns bislang noch nicht aufgefallen sind.« Der Kommissar rückte ein wenig näher zum Bildschirm vor.

Nach acht Minuten, gerade als der Täter in den roten Corsa gestiegen war, schwenkte die Kamera ruckartig zur Seite, und das Objektiv verlor sein Ziel aus dem Fokus. In diesem Augenblick waren drei junge Frauen an Jasper vorbei gelaufen, die Kamera folgte nun für einige Sekunden den drei Grazien. Worauf sie sich dabei fokussierte, konnte Keller gut nachvollziehen, und ein kurzer Seitenblick auf seinen Kollegen bestätigte ihm, dass er hier nicht der Einzige war, dem das gefiel. Sie sparten sich jedoch jede dumme Bemerkung, ansonsten hätten sie sich ständig das Gezeter von Engelchen in Sachen Sexismus anhören müssen. Keller rutschte nur ein »Nun ist der Oscar für die beste Kameraleistung ganz sicher weg.« heraus.

Kneipp ergänzte: »Da wird er zu Hause wohl zuerst noch ein bisschen schneiden müssen, sonst gibt es Ärger mit Nelleke.«

Plötzlich entfuhr es Keller: »Stopp, was ist das?«

Engelchen drückte auf ›Pause‹ und ging ein paar Sekunden zurück. »Gefallen dir die Rückansichten der drei Ladys so gut, dass du sie unbedingt noch einmal sehen möchtest? Ich kann dir gerne eine Kopie vom Film machen! Den kannst du dir dann mit Kerstin angucken.«

Keller schnaubte ungeduldig. »Quatsch! Seht ihr den Wagen, der da in die Steinstraße hineinfährt?«

»Der Silberne?«, fragte Kneipp, »neben Pro Senior?«

»Genau der«, bestätigte der Kommissar. »Von dem brauchen wir das Kennzeichen.« Er schaute dabei auf Engelchen.

Sie nahm den Ball auf. »Ich glaube nicht, dass wir das mit dem Kennzeichen hinkriegen, aber ich leiere es gerne an.«

Sie sichteten die verbleibenden Sequenzen des Films, dann griff Engelchen zu ihrem Handy und rief in Kassel an. »Hallo, Lars!«

10

»Mir ist kalt, und ich will zu meinem Papa.«

Er schaute sich um. »Hier, nimm die Decke, und denk an was Schönes.«

*

»Guten Tag, Herr Tolle – schön, dass Sie es einrichten konnten.«

»Hatte ich eine andere Wahl?«

»Schade, dass Sie es so negativ sehen. Wenn Sie hier und heute nichts zu verbergen haben, kann Ihnen ja auch nichts passieren. Fangen wir also gleich an.«

Engelchen kam hinzu. »Möchten Sie einen Kaffee?«, fragte sie den Zeugen.

Tolle verschränkte die Arme vor der Brust. »Nein, danke.«

Keller begann: »Gut, dann erzählen Sie noch einmal – wie war das gestern?«

»Ich bin gegen Viertel vor zehn in die Bank gegangen, um Geld abzuholen. Ich kam gerade an die Reihe, da hat der Mann mich zur Seite gestoßen und eine Waffe gezogen. Dann hat er jene Worte gesprochen, die ich bisher nur aus dem Fernsehen kannte.«

»Die da lauteten?«, fragte der Kommissar.

»›Das ist ein Banküberfall. Wenn Sie sich kooperativ verhalten, wird Ihnen nichts passieren.‹ Dann hat er eine Aldi-Plastiktüte aus seiner Jackentasche geholt und der Bankmitarbeiterin durchgeschoben. ›Bitte kleine, nicht durchnummerierte Scheine.‹«

»Der hat auch kein Klischee ausgelassen. Krimis mit Banküberfällen im Fernsehen hat er wohl als eine Art Schulfernsehen betrachtet!« Engelchen konnte sich diese Bemerkung einfach nicht verkneifen.

»Da bringen Sie mich auf etwas.« Keller tat, als ob ihm das erst gerade in diesem Moment eingefallen wäre und wandte sich an Tolle. »Der Täter sprach am Telefon von einem ›Charley Varrick‹, sagt Ihnen der Name vielleicht etwas?«

»Ja, das ist der Bankräuber aus ›Der große Coup‹ – ein alter Film aus den Siebzigern.«

Die Polizisten merkten, dass Tolle nicht sehr glücklich über seine soeben getroffene Aussage war. Er ergänzte deshalb schnell: »Den habe ich damals mal im Fernsehen geguckt.«

»Wann ist ›damals‹?« Was zum Henker wollte der junge Mann ihm jetzt schon wieder auftischen? Der Film gehörte nicht gerade zu den Klassikern der siebziger Jahre, die im Fernsehen ständig wiederholt wurden. Er war relativ unbekannt unter den Gelegenheitsfernsehzuschauern. Also entweder wurde er hier gerade kräftig veräppelt oder Tolle war ein Cineast.

Der junge Mann fing an zu stottern. »Naja, also … Ich glaube, ich hatte ihn sogar mal auf Video. Mein Vater hat sich den zugelegt. Glaube ich zumindest.«

Keller überlegte kurz, ob er Tolle mitteilen sollte, dass er den Eindruck hatte, hier einer Menge Unsinn zu lauschen, aber er kam nicht dazu, denn Engelchen, die ihre Ungeduld nicht gut verstecken konnte, übernahm das Gespräch.

»Und dann haben Sie die Handlung des Films in die Tat umgesetzt, sich aber nicht getraut, selbst die Rolle von Charley Varrick zu spielen. Das musste dann Ihr Kumpel übernehmen. Sie haben

48

nur die Nebenrolle bekommen und waren der Backup.«

»Quatsch. Ich hab den Mann, der die Bank überfallen hat, noch nie gesehen. Ich war nur zur falschen Zeit am falschen Ort. Ich wollte mir am Schalter Geld abheben.«

Keller stutzte. »Warum wollten Sie das Geld am Schalter abheben – haben Sie keine Karte für den Automaten?«

Die Polizisten merkten, dass Tolle erst überlegen musste, bevor er antworten konnte. »Das ist mir jetzt aber peinlich. Ich habe seit einem Jahr keinen Job mehr und dadurch mein Konto erheblich überzogen. Darum muss ich immer an den Schalter, wenn ich Geld brauche. Ich kenne Frau Becker, die Frau an der Kasse persönlich, die drückt meist ein Auge zu, besonders an den Monatsenden.«

»Noch ein guter Grund, einen Banküberfall zu begehen«, mischte Kneipp sich ein. »Sie wissen schon, dass Sie so langsam in ernste Schwierigkeiten kommen? Frau Becker kennt Sie und sicher auch Ihre Stimme. Daher musste jemand anders die Drecksarbeit übernehmen. Sie blieben im Hintergrund.«

»Was? Sie glauben immer noch, dass ich es gewesen bin? Sie spinnen doch!« Tolle sah jetzt aus, als wäre er nicht weit davon entfernt, handgreiflich zu werden.

»Vorsicht!«, warnte Keller mit grimmigem Gesicht.

Der junge Mann, der aus dem Stuhl aufgesprungen war, setzte sich daraufhin wieder. »Eigentlich wäre ich doch gar nicht da gewesen, Herr Kommissar«, beteuerte er, »da ich um zehn Uhr einen Zahnarzttermin hatte.«

Keller bohrte nach: »Und den haben Sie dann absagen müssen, weil Sie lieber eine Bank überfallen wollten?«

»Was? – Nein!«

»Sondern?«

»Mein Zahnarzt, Doktor Glücklich in Beverungen, hat mich am Morgen angerufen, um den Termin zu verschieben.«

»Das lässt sich doch sicher nachprüfen?«, fragte Engelchen.

»Natürlich. Wenn Sie den Grund wissen wollen: Es ging um einen Notfall. Eine Wurzelbehandlung, soweit ich weiß.«

Keller verzog das Gesicht. Er wollte nicht so gerne an seine eigene Wurzelbehandlung vor gut einem Jahr erinnert werden. Warum ging es in letzter Zeit immer nur um Zahnärzte? Zuerst Kneipp und dann Tolle. Keller wischte den Gedanken an seinen eigenen Vorsorgetermin beiseite. Der konnte noch warten. Von ihm aus für immer.

Engelchen reichte Tolle Zettel und Stift. »Gut, dann geben Sie mir mal die Telefonnummer von Ihrem Zahnarzt.« Sie erhob sich so plötzlich, dass Keller leicht zusammenzuckte. »Ich werde Ihre Angaben gleich überprüfen.« Da heute Samstag war, musste sie sich wohl erst die Privatnummer von Doktor Glücklich besorgen. Sie ließ Keller, Kneipp und Tolle zurück.

Keller dachte kurz nach. Engelchen war weg,

jetzt war eine gute Gelegenheit, Tolle nach Meier zu fragen.

»Gut, sprechen wir nun einmal über Meier und warum er angeschossen wurde. Wie ist es dazu gekommen?«

»Das Kind war zu dem Bankräuber gelaufen und hatte ihn gefragt, was er da machen würde. Der wollte das Mädchen erst ignorieren, hat es dann aber so weggestoßen, dass es zu Boden gefallen ist. Müller war vorher schon auf dem Weg zu ihr. Der Bankräuber hat Müller ...«

»Meier.«

»Dann eben Meier. Er hat Meier gewarnt, er solle stehen bleiben und die Waffe auf ihn gerichtet. Und obwohl Meier stehen geblieben ist, hat sich dann bei der Schubserei mit dem Kind ein Schuss gelöst.« Keller bemerkte, dass Tolle ihm nicht in die Augen schauen konnte.

»Er hat also gar nicht absichtlich geschossen?« Keller war ein wenig erleichtert.

»So, wie er anschließend reagiert hat – nein.«

»Was hat er getan?«

»›Scheiß-Knarre!‹ hat er gerufen. Dann hat er sich nicht mehr weiter um den Mann gekümmert, sondern das Geld genommen.«

»Und das Kind?«

»Das hat geschrien und geweint.«

»Was geschah dann?«

»Der Mann hielt seine Waffe in unsere Richtung und befahl uns, Meier aus dem Weg zu schaffen und gegen die Wand zu lehnen.«

»Und dann?«

»Dann kam Ihr Anruf.«

Keller war am Verzweifeln und hatte angefangen, den Sekundenzeiger auf der Wanduhr des Raumes zu beobachten, um Tolle nicht vor Ungeduld am Kragen zu packen. »Weiter! Lassen Sie sich doch nicht jedes Wort aus der Nase ziehen.«

Der junge Mann zuckte zusammen und warf einen fragenden Blick auf Kneipp, der lässig mit den Schultern zuckte, als ob ihn das nichts anginge. »Dann hat er das Kind nach dem Auto und dem Autoschlüssel gefragt. Den Rest kennen Sie«, antwortete Tolle.

»Nochmal zu dem Täter«, sagte Keller, der sich inzwischen wieder im Griff hatte. »Ist Ihnen da irgendetwas aufgefallen?«

»Ja, er lief ein bisschen krumm, da stimmte was mit seinen Schuhen nicht. Vielleicht hatten sie nicht die richtige Größe. Außerdem waren sie ziemlich dreckig.«

»Wie, dreckig?« Kneipp wurde neugierig.

»Ich spiele doch Tennis hier beim Tennis-Club Blau-Weiß. Der Staub auf den Schuhen sah nach Tennisplatz aus.«

Keller dachte an Wimbledon und Boris Becker. »Was waren das für Schuhe?«

»Normale Tennisschuhe, wie ich auch welche besitze. ›Wilson‹, glaube ich.«

»Woher wissen Sie das so genau?«, fragte der Kommissar misstrauisch nach.

»Die Schuhe dieser Firma kann man leicht erkennen – durch das große ›W‹.«

Engelchen kam zurück, sie wedelte mit dem Notizzettel. »Doktor Glücklich hat Herrn Tolles Angaben bestätigt. Ich habe ihn gerade bei einem Tennismatch gestört.«

»Plötzlich spielt jeder hier Tennis. Vorher war noch jeder beim Zahnarzt!«, stieß der Kommissar hervor.

»Häh?« Seine Assistentin verstand nur Bahnhof.

»Ach nichts, erkläre ich Ihnen später.« Keller wandte sich wieder an Tolle. »Sie können gehen. Falls wir noch weitere Fragen haben, melden wir uns bei Ihnen.«

Tolle war eben im Begriff aufzustehen, als Keller hinzufügte: »Und halten Sie sich zur unserer Verfügung, Sie sind schließlich ein wichtiger Augenzeuge.«

Der letzte Satz Kellers schien Tolle nicht zu gefallen, und mit einem kurzen Gruß verließ er den Polizeiposten.

Der Kommissar war gerade dabei, durch das Fenster des Büros zu beobachten, wie der junge Mann, den sie eben verhört hatten, das Gebäude verließ und in einen an der Beifahrertür zerbeulten blauen Golf stieg, als das Telefon auf Engelchens Schreibtisch klingelte und sie den Hörer abnahm.

»Lars, hallo. Was habt ihr rausbekommen?«

Kellers Assistentin lauschte und kommentierte die für Keller unhörbaren Informationen entweder mit einem Kopfnicken oder einem »Hmmh«, bis sie das Gespräch beendete und sich ihrem Chef zuwandte.

»Und?«, fragte der erwartungsvoll.

»Wie ich es mir gedacht habe: Das Kennzeichen

des silbernen Wagens auf dem Video der Niederländer ist nicht zu erkennen. Jedoch ist Lars fast sicher, dass es sich bei dem Wagen um einen Ford Focus handelt.«

11

»Sie haben aber auch noch gar nichts herausgefunden, Keller! Was haben Sie eigentlich die ganze Zeit in Karlshafen getrieben – Spesen auf Kosten des Steuerzahlers gemacht?« Der Polizeipräsident hatte in letzter Zeit die unangenehme Angewohnheit, seine cholerischen Ausbrüche immer häufiger an Keller auszulassen.

»Wir ...«, hob Keller an, kam aber nicht weiter, denn er wurde sofort wieder unterbrochen.

»Sie haben den Täter entkommen lassen, vermutlich hat er auch Ihre wirkungslosen Straßensperren umgangen. Sicher befindet er sich mit dem Kind schon längst in Mecklenburg-Vorpommern oder in Frankreich.«

»Wir ...«

»Jetzt rede ich! Die Mutter ist an die Presse gegangen, und es vergeht keine Minute, in der nicht die Hilfslosigkeit der Polizei beklagt wird. Überall haben sich Initiativen gegründet, die nach dem Kind suchen. Denen ist es auch egal, dass wir vor der Gefährlichkeit des Täters warnen. Sogar auf diesem ›Fazzbukk‹ gibt es allerlei Einträge und Initiativen. Mein Enkel hat mir das vorhin gezeigt.

Ich musste mich von ihm fragen lassen, was wir hier eigentlich machen.«

»Es heißt ›Feissbukk‹«, sagte Keller übertrieben deutlich und sicher etwas vorschnell. Er konnte dem Social Web zwar nichts abgewinnen, aber die stümperhafte englische Aussprache seines Vorgesetzten musste er deswegen ja nicht durchgehen lassen.

Der Polizeipräsident schnaubte abfällig. »Wie? Nun lenken Sie mal nicht ab! Was haben Sie?«

»Wir haben einen verdächtigen Wagen, den der holländische Tourist gefilmt hat.«

»Jetzt sind wir auch schon auf holländische Schützenhilfe in unserer Polizeiarbeit angewiesen! Was noch?«

»Einer der Bankkunden, der sich während des Überfalls in der Schalterhalle befand, macht widersprüchliche Angaben. Vielleicht ist er ein stiller Mittäter.«

Diese Aussage schien Kellers Vorgesetzten ein wenig zu beruhigen. »Gut, nehmen Sie den mal richtig in die Zange! Ich will Resultate sehen, haben wir uns da verstanden?«

»Ja, Herr Polizeipräsident«, antwortete Keller scheinbar ergeben, war sich aber sehr wohl bewusst darüber, dass sein Chef diese Resultate heute mit Sicherheit nicht mehr von ihm bekommen würde. Denn später würde er erst einmal nach Hause fahren, die Nacht im eigenen Bett verbringen und sich außerdem einen Satz neuer Kleidung gönnen. Es war ihm, als laufe er schon gefühlte drei Tage in denselben Klamotten herum.

»Ist noch was?« Der Polizeipräsident tippte ungeduldig mit den Fingern auf der Schreibtischplatte wie auf einer unsichtbaren Schreibmaschine.

Engelchen, die die ganze Zeit stumm neben den beiden Männern gesessen hatte, stand auf, nahm den in Gedanken versunkenen Keller am Arm und gab ihm so das Zeichen, dass nun der Augenblick gekommen war, das Büro des Polizeipräsidenten zu verlassen. Keller hatte noch nicht bemerkt, dass das offizielle Gespräch längst beendet war.

Als sie draußen waren, sprach Engelchen in ihre offene Handfläche, als ob sie ein imaginäres Walkie-Talkie halten würde: »Bodenkontrolle an Kommissar Keller: Kommissar Keller, hier spricht die Bodenkontrolle.«

»Was?«, sagte der recht überrascht.

»Was ist mit dir los?«

»Ach, mir gehen einfach zu viele Dinge durch den Kopf.«

»Soll ich dich nach Hause fahren? Heute können wir eh nichts mehr machen.«

»Nein, danke«, antwortete der Kommissar.

»Gut. Ich fahr erst noch einmal bei Holgi vorbei. Soll ich mich nachher nochmal bei dir melden, wie es ihm geht?«

»Ja, wenn ich dann nicht schon im Delirium liege.«

»Malbec oder Rioja?« Aus Engelchens Augen blitzte der Schalk.

»Wird 'ne spontane Entscheidung.«

Sie zwinkerte. »Bis später.«

12

Das Weinen des Mädchens war in ein leises, aber beständiges Schluchzen übergegangen.

»Ist Papa tot?«

Sie wartete ungeduldig, bekam jedoch keine Antwort.

*

Als Keller seine Wohnungstür aufschloss, hegte er die stille Hoffnung, dass Kerstin vielleicht auf ihn wartete. Aber da er sich die vergangenen drei Tage nicht bei ihr gemeldet hatte, konnte er verstehen, dass sie jetzt nicht da war.

Aus dem Flur leuchtete ihm ein rotes Blinklicht entgegen. Er drückte auf den Knopf, um die Nachrichten seines Anrufbeantworters abzuhören. Seit er diese Wohnung hatte, besaß er auch wieder einen Festnetzanschluss, und der AB war Teil dieses wiedergewonnenen Komforts. Der Ansagetext war aber immer noch der Gleiche, noch immer wurden die Anrufer mit den Sätzen »Hier ist der telefonische Anrufbeantworter von Angelika Ernst und Ernst Keller. Bitte sprechen Sie nach dem Piep, wir rufen Sie umgehend zurück.« begrüßt.

In diesem Augenblick wurde er sich wieder einmal bewusst, dass er bei einer Hochzeit nie ihren Namen hätte annehmen können: ›Ernst Ernst‹, das ging gar nicht. Aber dazu würde es ja nun nicht mehr kommen.

»Sie haben achtzehn neue Nachrichten«, tönte es ihm blechern entgegen.

Keller ging er zu seinem Weinregal und griff nach einer Flasche Malbec. Er öffnete sie, nahm in Ermangelung eines Weinglases ein Wasserglas und füllte es randvoll. Dann trank er es in einem Zug leer. Währenddessen teilte ihm die Sprachbox mit, dass nun »Nachricht fünfzehn« folge.

»Sind die denn alle bescheuert?«

Hinz und Kunz hatten ihn angerufen, um sich bei ihm zu beschweren, dass das Kind noch immer nicht befreit war. Sein unflätiger Gefühlsausbruch dem Täter gegenüber war natürlich durch die Presse gegangen, denn einige Ohrenzeugen hatten die Drohung Kellers freigiebig weitergeleitet. Nun wurde er offen beschimpft.

Der positivste Anruf war noch der von seiner Mutter, die ihm sagte, dass sie ihn dringend in einer heiklen Sache sprechen müsse.

Er schnappte sich die Weinflasche und setzte sich vor den Fernseher. Er verspürte kein Bedürfnis, sich den aktuellen Sendungen zu widmen, da früher oder später natürlich wieder über den Banküberfall und die Entführung berichtet werden würde. Er wusste, dass er noch irgendwo den zweiten Teil von ›Kill Bill‹ auf seinem Festplattenrekorder hatte. Wenn nicht, dann würde es auch die DVD von ›Full Metal Jacket‹ tun. Katanas oder Kasernendrill. Das war jetzt genau das, was er im Moment brauchte, um sich von all dem Mist abzulenken – und sich auch abzureagieren.

Nach einer Stunde harten Drills durch Gunnery

Sergeant Hartman überlegte Keller, ob er noch eine zweite Flasche Wein aufmachen sollte. Er stoppte die DVD und verschob diese in jenem Moment wichtigste Entscheidung des Tages auf die Zeit nach seinem Gang auf die Toilette, denn die erste Flasche Malbec machte sich schon seit Private Paulas Ableben im Film unangenehm in seiner Blase bemerkbar.

Da klingelte das Telefon.

Keller erschrak und schlug sich aus Unachtsamkeit, Betrunkenheit und Müdigkeit das Schienbein am Glastisch an. Die leere Weinflasche fiel ihm aus der Hand und krachte auf die Glasplatte. Einen Moment später war der helle Teppich mit Scherben übersät, und ein unschöner, roter Fleck zierte den Bodenbelag. Er ließ das Telefon klingeln und kümmerte sich auch nicht um das Chaos in seinem Wohnzimmer. Das war ihm doch jetzt alles zu blöd.

Der Film lief weiter, und Keller war mittlerweile zweimal kurz eingeschlafen. Das Telefon hatte noch mehrfach Laut gegeben, beim zehnten Anruf hatte der Kommissar aufgehört zu zählen. Er wollte in Ruhe weiterschlafen und legte das Mobilteil in den Kühlschrank. Sollte doch die fiese Leberwurst rangehen. Der Anrufbeantworter blinkte wieder, doch auch das war Keller in diesem Moment egal.

Der Fernseher verkündete gerade, dass Ann-Margret nun doch verhindert sei, als es an Kellers Wohnungstür Sturm klingelte.

Er rieb sich die Schläfe und erhob sich widerwillig. »Verdammt! Kann man sich nicht einmal in Ruhe sinnlos betrinken?«

Benommen schlurfte er zum Türspion und spähte hinaus. Im Schein der Treppenhausbeleuchtung sah er Kerstin und Engelchen vor der Wohnungstür stehen. Kerstin hatte doch einen Schlüssel, warum zum Henker klingelten sie dann? Verdammt! Er hatte jetzt keine Lust auf diesen Damenbesuch. Er wollte doch auf Ann-Margret warten!

Widerstrebend öffnete Keller die Tür und zuckte zurück, als das Licht ihn blendete.

Ein Moment Stille – alle drei waren kurzzeitig sprachlos.

Keller fand als Erster die Stimme wieder. »Was ist denn los? Es ist schon halb neun, und ich wollte gerade die zweite Flasche Wein aufmachen.«

»Wir müssen nach Karlshafen«, sagte Engelchen mit einem leicht fordernden Ton.

Der Kommissar, der sich am Türrahmen festhalten musste, starrte sie an. »Was sollen wir denn da? Bis wir da sind, haben die Kneipen doch schon längst zu. Nö, ich bleibe hier.« Er wollte die Tür wieder schließen, aber Engelchen schob schnell ihren Schuh über die Schwelle und drückte die Wohnungstür wieder auf.

»Sie haben Holgers Auto gefunden, wir müssen dorthin fahren.«

Engelchen konnte manchmal so stur sein, dachte Keller, dem immer noch nicht einleuchten wollte, warum das jetzt sein musste. »Aber doch nicht mehr heute, nicht wahr?«

In stummer Verzweiflung verdrehte sie die Au-

60

gen. »Doch, gleich. Sie warten schon seit einer Stunde auf uns, aber du bist ja nicht ans Telefon gegangen. Da habe ich deine Freundin Kerstin angerufen und ihr erzählt, was du heute Abend vorhast. Sie war unterwegs, hat sich jedoch gleich als Verstärkung angeboten.«

Keller lächelte die beiden Frauen übertrieben freundlich an. »Wie nett von ihr.«

Kerstin schüttelte den Kopf. »Mensch, Ernst – so kenn ich dich ja gar nicht.«

Noch bevor ihr besoffener Liebhaber eine Antwort geben konnte, hatte Kerstin sich bereits durch die Wohnungstür gedrängt und sich bei ihm untergehakt. Hartnäckig zerrte sie den torkelnden Körper neben sich in Richtung Bad.

»Ich muss doch gar nicht aufs Klo, Sergeant Kaiser!«, protestierte Keller, der Schwierigkeiten hatte, den Blick zu fixieren, und der den schnellen Aktionen, die sich hier gerade in seiner Wohnung abspielten, nicht mehr folgen konnte.

»Keine Angst, wir machen dich jetzt erst einmal wach.«

»Ach, du bist das? Du willst mit mir duschen?« Er blinzelte ihr zu. »Das ist aber … nett von dir! Ich mag's gern heiß!«

»Du duscht, ich lache«, sagte Kerstin mit einem Zwinkern in Richtung Engelchen und verschwand mit ihrer Fracht hinter der Badezimmertür.

Sie hatte alle Mühe, Keller alleine in die Dusche zu bugsieren. Das Schwierigste war, ihn aufrecht zu halten und dabei gleichzeitig den Mischhebel zu bedienen. Es war eine alte Anlagen, daher war das

Ergebnis war für den Kommissar nicht gerade zufriedenstellend.

Das ist gem-...! Mensch, ist das kalt!«, brüllte er aus vollem Hals.

Engelchen war hinzugekommen und fing lauthals an zu lachen. »Das wäre jetzt mal was für YouTube: Der besoffene Bulle in der Dusche.«

»Ha, ha.« Keller stand in durchnässten Klamotten unter der Brause und bedachte die Frauen mit einem hasserfüllten Blick. »Ich revanchiere mich! Das gibt einen Rachefeldzug!«

»Ich lass euch beiden Süßen dann mal allein«, sagte Engelchen – immer noch lauthals lachend.

So langsam, mit der steigenden Temperatur des Wassers, erwachten auch Kellers Lebensgeister wieder zu neuem Leben.

Engelchen hatte inzwischen den Fernseher ausgemacht und stattdessen Musik angestellt. Laute Mucke würde das Gesamtbild dieser Documenta-würdigen Installation in Kellers Wohnzimmer multimedial abrunden. Sie hatte Lust auf eine Lautstärke, die sogar Tote in die Höhe schnellen lassen würde, und drehte die Anlage weit auf – gerade lief ›You sexy thing‹ von Hot Chocolate.

Die Musik war im Badezimmer durch das Rauschen des Wassers nur leise zu hören, doch Keller erkannte sie sofort. Schön, dachte er. Und wie äußerst passend zur aktuellen Situation, fügte er still schmunzelnd hinzu. Für geistige Hochleistungen würde es diesen Abend jedoch nicht mehr reichen. Doch immerhin waren die primitivsten Basisfunktionen seines Gehirns bereits wieder aktiv.

Für Kerstin war die Duschaktion natürlich auch nicht ohne Folgen geblieben: Ihre obere Körperhälfte erfüllte mittlerweile alle Voraussetzungen, an einem Wet-T-Shirt-Wettbewerb teilnehmen zu dürfen. Trotz seines desolaten Zustands hatte Keller das schon längst bemerkt. Er versuchte unablässig, Kerstins hübsche Rundungen zu berühren.

Diese war für solche Annäherungsversuche derzeit aber wenig empfänglich. »Soll ich dir erst eine scheuern, dann geht das sicher auch mit dem Wachwerden schneller!«

Für Keller genau das richtige Signal, schnell von seinen ›Handgreiflichkeiten‹ abzulassen.

Einige Minuten später kam der Kommissar in seinem Bademantel ins Wohnzimmer. Müde fasste er sich an seine Stirn, er gähnte laut.

»Ich habe dir ein paar Sachen rausgelegt, sie liegen auf deinem Bett.«

»Danke, Schatz.«

»Und ich habe in der Küche Kopfschmerztabletten gefunden. Du solltest gleich eine nehmen«, ergänzte Engelchen.

»Und wer von euch ist jetzt meine Mama?«

Engelchen nahm ein Kissen und warf es in Kellers Richtung.

Keller seufzte. »Ist ja gut, ich geh ja schon.« Er schlurfte schwerfällig in die Küche und entdeckte die von Engelchen bereitgestellte Schachtel Paracetamol auf der Arbeitsplatte neben dem Herd. Nachdem er sie mit einer Handvoll Wasser aus dem Hahn heruntergewürgt hatte, trottete er weiter ins Schlafzimmer und zog sich, nicht ohne zweimal das Gleichgewicht zu verlieren, langsam an. Danach ging er wieder zu den beiden Frauen ins Wohnzimmer zurück. »Ich wäre dann so weit.« Er fühlte sich grauenhaft. Aber – was für eine Wahl hatte er?

»Es ist angespannt, wir fahren zum Polizeiposten nach Karlshafen.« Engelchen machte eine Geste, als würde sie einen Zylinder ziehen und sich verbeugen.

Keller schaute zu Kerstin. »Was machst du?«

»Ich räume hier noch ein bisschen auf und trockne meine Klamotten. Dann fahre ich auch wieder nach Hause.«

»Danke.« Keller gab ihr einen kurzen Kuss.

Kerstin verzog das Gesicht. »Urhh, geh vielleicht noch Zähne putzen oder nimm wenigstens einen Kaugummi.«

»Zum Zähneputzen ist keine Zeit mehr, ich habe Kaugummis im Auto.« Engelchen drückte mal wieder auf die Tube.

»Dann fahren wir mit dem Kettcar und hören André Rieu?« Er liebte es, über das Auto und den Musikgeschmack Engelchens Witze zu machen.

Kerstin hatte das letzte Wort. »Es geht ihm schon wieder besser.«

13

Sie hatten ihr Auto auf dem großen Parkplatz des Einkaufszentrums am rechten Weserufer abgestellt und gingen auf die vier Personen zu, die um Meiers Corsa herumstanden.

»Herr Kommissar, welcher LKW hat *Sie* denn überrollt?« Kneipp sprach mit seiner gewohnt durchdringenden Stimme.

Keller rieb sich die Schläfe. »Fragen Sie nicht!«, antwortete er krächzend. »Und vor allem nicht in so einer Lautstärke.« Mittlerweile war es Viertel nach zehn, und Keller wollte nur noch ins Bett. »Irgendetwas Besonderes?«, wollte er wissen. Und wenn, dann bitte in aller Gemütlichkeit, ich bin noch nicht so schnell, fügte er in Gedanken hinzu.

»Sie sind leider zu spät dran, sonst hätten Sie noch mit Dr. Kern sprechen können, dem Leiter der Spurensicherung«, motzte sein Kollege.

»Dann sagen Sie mir doch bitte, was Sie gefunden haben.«

»Gerne.« Kneipp gähnte. »Tschuldigung, war auch für mich ein langer Tag. Der Wagen steht schon seit einigen Stunden hier, der Täter hat einfach das Kind genommen und ist abgehauen. Sogar den Schlüssel hat er stecken lassen.«

»Irgendwelche Spuren?«, fragte Engelchen.

»Der Beifahrersitz ist nass. Vielleicht hat das Kind sich vor Panik in die Hose gemacht?«

Engelchen folgerte: »Durchaus möglich, es muss Todesangst haben. Außerdem weiß die Kleine nicht, wie es ihrem Vater geht.«

»Apropos: Gibt es hier noch was?« Keller war ungeduldig. Falls sie irgendetwas in Meiers Auto entdeckt hatten, dann wollte er das jetzt gleich wissen.

Kneipp zuckte mit den Schultern. »Wir lassen den Wagen jetzt abschleppen, um ihn kriminaltechnisch untersuchen zu lassen. Ach ja, wir haben Meiers Handy im Handschuhfach gefunden.«

»Mist!« Keller verzog ärgerlich das Gesicht. »Das muss sein privates Handy sein, das andere haben wir ja bereits im Rucksack sichergestellt. Wären wir früher darauf gekommen, dass er noch ein zweites Handy hatte und das noch im Auto lag, hätten wir zumindest das Fahrzeug orten können. Danke Kneipp, gute Arbeit.«

Sie waren wieder alleine. Doch als er sich nach seiner Assistentin umdrehte, war sie weg. Er sah Engelchen einige Meter entfernt in einem Busch stecken und mit den Armen rudern. »Was machst du da im Gehölz?«

»Ich glaube, ich habe etwas gefunden!«, klang es dumpf zwischen den Blättern hervor.

Keller kam näher. »Moment, ich leuchte dir mit meiner Maglite.«

»Danke, gut, ein bisschen mehr nach rechts. Genau so.«

»Was hast du?« Der Kommissar konnte im Schein der Taschenlampe erkennen, dass sie etwas Kleines, Farbiges in die Höhe hielt.

»Eine Haarschleife.«

Sie verlor bei dem Versuch, den Busch wieder unfallfrei zu verlassen, fast das Gleichgewicht, doch hielt sie stolz eine rosafarbene Schleife in die Höhe.

»Zeig mal her!« Keller betrachtete den Haarschmuck und bemerkte auf der Rückseite ein mit

schwarzem Filzstift geschriebenes Wort: ›Selma‹.
»Das beweist zwar eindeutig, dass es dem entführten Kind gehört. Aber das bringt uns trotzdem nicht weiter, da wir ja wissen, dass Selma hier im Auto saß.«

»Das stimmt, Ernst, doch vielleicht hat sie uns eine Spur gelegt.«

»So oder so müssen wir morgen nach Sonnenaufgang alles absuchen lassen.« Doch daran wollte er jetzt nicht denken – er brauchte dringend etwas Abstand zu dem Fall. »Und was machen wir jetzt mit dem angebrochenen Abend?« Keller tat unternehmungslustiger, als er eigentlich war.

Engelchen grinste. »Ich würde ja sagen, ›einen trinken gehen‹. Aber ich glaube, du hast erst einmal genug.«

»Am besten, wir fahren noch einmal zum Polizeiposten und planen die Suche morgen.«

»Ja, Chef.«

»Haben wir eigentlich ein Bett für die Nacht?«, fragte Keller hoffnungsvoll. Er wünschte sich jetzt nichts sehnlicher als eine weiche und bequeme Unterlage für seinen gepeinigten Körper. Vor allem sein Schädel fühlte sich immer noch an wie ein zu fest aufgeblasener Luftballon kurz vor dem Platzen.

Aber seine Assistentin schüttelte bedauernd den Kopf. »Nein, wir waren nicht eingeplant, daher wurde für uns nichts gebucht. Wir müssen wohl mit den Luftmatratzen vorlieb nehmen.«

Na super, dachte Keller und atmete tief durch. Hoffentlich hat meine Matratze kein Loch.

Als sie den Parkplatz verlassen hatten und den Polizeiposten ansteuerten, fühlte er sich jedoch so furchtbar erledigt, dass er sich in diesem Moment sogar auf das unbequeme Luftpolster auf dem Linoleumfußboden seines Behelfsbüros freute.

14

Endlich war die Kleine eingeschlafen. Er überlegte seine nächsten Schritte, sollte er beispielsweise Lösegeld verlangen?

*

So langsam ging ihnen die ständige Pendelei zwischen Bad Karlshafen und Kassel auf die Nerven. Aber es ging nicht anders.

Nach einer kurzen Nacht auf einer unbequemen Luftmatratze hatten sie nur Zeit für ein kleines Frühstück in der nahegelegenen Bäckerei. Keller sah das Buch- und Schreibwarengeschäft Meinhardt schräg gegenüber und rang sich schließlich zum Kauf einer ›Welt am Sonntag‹ durch. Die HNA erschien sonntags nicht mehr – und außerdem hätten ihn die lokalen Berichte über seine Misserfolge nur weiter heruntergezogen.

Bereits um zehn Uhr mussten sie wieder aufbrechen, sie hatten um elf Uhr einen Termin mit Dr. Kern.

Keller saß auf dem Beifahrersitz und starrte be-

wegungslos auf das Armaturenbrett vor sich. Sein
Schädel brummte. Es war die richtige Entscheidung gewesen, Engelchen fahren zu lassen. An der
Ampel bat er sie, die übernächste Abzweigung
links zu nehmen. Seine hämmernden Kopfschmerzen brachten ihn noch um, und er benötigte unbedingt etwas Schmerzstillendes aus dem Notschalter
der Rosenapotheke. Engelchen tat ihm den Gefallen, und nachdem er der Gegensprechanlage krächzend seinen Wunsch verkündet und die heilbrin-
genden Tabletten von einem Apotheker mit einer
Brötchentüte in der Hand erhalten hatte, wankte er
wieder zum Auto zurück.

»Nun aber hopp«, sprach Engelchen, als Keller
wieder im Auto saß. »Wir sind schon spät dran und
müssen auch noch durch Kassel.«

»Los, Kutscher, gebe er den Pferden die Peit-
sche!« Das Teufelszeug aus der Rosenapotheke
schien schnell zu wirken.

Fast pünktlich kamen sie um fünf nach elf im
Kasseler Polizeipräsidium an. Dr. Kern und sein
Assistent Hansen schienen schon einige Zeit ungeduldig gewartet zu haben, und so begrüßte der Leiter der Spurensicherung die beiden nicht gerade
freundlich. »Da sind Sie ja endlich. Wir haben uns
die ganze Nacht um die Ohren geschlagen und
wollen endlich ins Bett.«

Keller überging den Vorwurf und kam gleich
zum Punkt. »Was haben Sie?«

»Das Mädchen saß zweifelsfrei auf dem Beifahrersitz. Wie wir bereits vermutet haben, war es
Urin auf dem Sitz.«

Engelchen machte Druck. »Fingerabdrücke?«, wollte sie wissen.

Dr. Kern, dessen Augen schon einmal wacher ausgesehen hatten, antwortete: »Viele, eigentlich zu viele. Nachweisen konnten wir bislang nur die von Meier, er hatte ja vor Jahren eine Anzeige wegen illegalen Drogenbesitzes.«

Ach ja, dachte sich Keller. Gut zu wissen. Keller hatte nun endlich etwas, um den immer etwas überheblichen und großspurigen Meier bei Bedarf in die Schranken weisen zu können. Er sah kurz seine Assistentin an, die jedoch ein Gesicht machte, als ginge sie diese Information überhaupt nichts an.

»Aber wir suchen weiter und lassen die Daten durch alle Computer laufen«, fuhr der Leiter der Spusi fort.

»Danke, die Herren.« Engelchen wollte sich direkt verabschieden und hatte schon die Hand ausgestreckt, da fiel Dr. Kern noch etwas ein, das er sich offensichtlich bis zum Schluss aufgehoben hatte.

»Noch etwas: Im Fußraum des Fahrersitzes haben wir roten Staub gefunden – wie von einem Tennisplatz. Hat Meier Tennis gespielt?«

Kellers Assistentin antwortete wie aus der Pistole geschossen: »Holgi und Tennis? Das wäre wie Boris Becker und Sumo-Ringen.«

»Hübscher Vergleich«, entfuhr es Keller. »Besser hätte ich es auch nicht ausdrücken können. Engelchen, telefonieren Sie doch bitte gleich mal die hiesigen Tennisplätze ab, vielleicht kennen die ja unser Frankfurter Würstchen. Tolle hatte ja auch schon auf die Tennisschuhe hinwiesen. Vielleicht ist da was dran?«

Engelchen nickte. Sie wusste ja, dass Keller und sie sich vor den anderen Leuten immer noch siezen mussten. Doch nach all der Zeit hatte sich bislang aber noch nicht daran gewöhnt.

Sie fuhren im Fahrstuhl hinauf und gingen direkt in ihre Büros. Kellers Kopfschmerzen waren zwar besser geworden, aber er fühlte sich alles andere als frisch und ausgeruht. Seine Assistentin jedoch schien wie immer das blühende Leben zu sein, sie machte sich auch gleich schnurstracks an die Arbeit.

Nach einer halben Stunde klopfte Engelchen an seine Tür. Er erschrak, er musste eingeschlafen sein. Der Wein, die Nacht auf der Luftmatratze und das frühe Aufstehen wirkten immer noch nach.

»Guten Morgen.«

Keller überging die sarkastische Bemerkung. »Was gibt es?«

»Leider nichts. Ich habe alle Tennisplätze im Umkreis von fünfzig Kilometern angerufen – nichts. Keine Neuzugänge, keine Südhessen und wenige, auf die unsere Beschreibung passt. Die Tennisfreunde von heute sind in der Hauptsache zwischen vierzig und sechzig. Die Jüngeren spielen Tennis vor allem auf der Wii.«

Keller kannte diesen Begriff nicht, setzte aber lieber mal auf Lücke. »Gut, Engelchen. Sie sollen uns aber doch schnellstmöglich eine Liste ihrer Mitglieder und Gäste zukommen lassen.«

Engelchen nickte diensteifrig. »Wird gemacht.«

»In einer halben Stunde fahren wir wieder nach Karlshafen. Wir sollten uns langsam einmal um einen Shuttleservice bemühen.« Keller gähnte.

15

Kellers Finger klopften im Takt auf dem Lenkrad. Der alte Kassettenrekorder leierte mehr schlecht als recht ›Xanadu‹ von Olivia Newton-John und dem Electric Light Orchestra herunter, als das Handy klingelte. Hätte er geahnt, wer ihn da anrief und was derjenige ihm zu sagen hatte – Keller hätte sicher nicht auf ›Freisprechen‹ geschaltet, sondern am Rand der B 83 bei Wülmersen, wo sie gerade waren, angehalten.

»Keller hier.«

»Ernst, ich bin es.«

Der Kommissar stutzte. »Mama. Was gibt es?«

»Es ist was Schreckliches passiert, ich glaube, ich brauche deine Hilfe.« Die Stimme der alten Dame klang angespannt.

»Kann das nicht warten, ich sitze gerade mit Frau Engel im Auto.«

Keller umgriff das Lenkrad ein wenig fester. Was zum Teufel war denn jetzt wieder los? Garantiert eine dieser Lappalien, mit denen ihn seine Mutter zu belästigen pflegte und die ihn von der Arbeit abhielten. Was war es doch gleich das letzte Mal gewesen? Ach ja – ein geplatzter Wasserschlauch im Garten. Und davor? Auch irgendwas in der Art.

»Nein, du bist Polizist, und ich brauche jetzt einmal deine Hilfe.«

Er stöhnte. »Also gut, was ist los?«

»Tante Anne ist ausgeraubt worden.«

»Was?« Das war jetzt mal was Neues.

»Ein ganz gemeiner Trick.«

»Wer war es?«

»Ein Mann, den sie irgendwann mal im Supermarkt getroffen hat. Er hat ihr angeboten, sie einmal in der Woche zum Einkaufen zu fahren.« Die empörte Stimme Frau Kellers dröhnte durch den Innenraum. Engelchen warf ihrem Chef einen amüsierten Blick zu.

»Und weiter?«

»Sie ist ja nicht mehr so gut zu Fuß, darum holt er sie immer von zu Hause ab und bringt sie zum Supermarkt. Nach gut einer Stunde holt er sie dann wieder ab.«

»Und was macht er in der Zwischenzeit?«

»Keine Ahnung, das ist meist auch nicht so wichtig. Das letzte Mal jedoch hat er die Zeit während ihres Einkaufs genutzt, um in ihr Haus einzudringen und ihr das Geld aus der Küchenschublade zu stehlen. Du weißt ja, sie hatte immer tausend Euro im Haus, sie hatte noch nie Vertrauen zu den Banken. Nach all dem, was sie im Fernsehen gesehen und in der ›HÖRZU‹ gelesen hat.«

Was redete denn seine Mutter da? »Was?«

»Ja, du hast richtig gehört!«, schrie Frau Keller erregt.

»Wie ist er in das Haus gekommen?«

73

»Ja, das ist das eigentlich Gemeine. Tante Anne hat auf ihre Haushaltshilfe gewartet und hatte darum Angst, dass sie schon etwas früher kommen würde und dann vor verschlossener Tür stünde. Daher hat sie die Schlüssel einfach unter die Fußmatte vor dem Haus gelegt.«

Keller schüttelte ungläubig den Kopf und sah kurz auf Engelchen, die die Stirn in Falten gelegt hatte. Wahrscheinlich dachte sie auch gerade, dass es Leute gab, die es mit ihren Mitmenschen einfach zu gut meinten.

»Was hat sie?« Das war doch alles nicht wahr! Da hätte sie auch gleich die Fenster auflassen können!

»Frag mich nicht, warum sie das gemacht hat. Wahrscheinlich war sie mit der Situation überfordert und hat nicht genau nachgedacht, was sie da tut.«

Offensichtlich. »Und der Mann hat es gesehen«, schlussfolgerte der Kommissar.

»Ja, woher weißt du?«

Auf dem Beifahrersitz kicherte es leise und Keller stöhnte. »Mama, ich bin Polizist. Wie viel Geld hat er gestohlen?«

»Sie war zum Einkaufen, daher hatte sie einen Teil des Geldes im Portemonnaie. Sie sagt, es müssen ungefähr achthundert Euro gewesen sein, die in einem Umschlag in ihrer Küchenschublade lagen.«

Engelchen pfiff leise durch die Zähne.

»Hat sie Anzeige erstattet?«, wollte der Kommissar wissen.

»Zunächst hat sie den Mann zur Rede gestellt. Herr Pelzer wusste natürlich von nichts und war empört über den Verdacht gegen ihn. Er sagte etwas von drei bis vier Zeugen, die ihn auf dem Parkplatz des Einkaufszentrums haben stehen sehen.«

»Er hätte aber auch einfach einen Dritten dort hinschicken können?«

Kellers Mutter wirkte aufrichtig empört, als sie antwortete. »Natürlich, so war es vermutlich auch. Hältst du mich für dement, dass ich mir das nicht denken kann?«

Erneutes Kichern vom Beifahrersitz. Keller bohrte weiter. »Und dann ist sie zur Polizei?«

»Ja, sie hat telefonisch Anzeige erstattet. Vielleicht könntest du sie zur anberaumten Vernehmung begleiten?«

»Im Augenblick geht es nicht, wir haben einen wichtigen Fall.«

Vom anderen Ende der Leitung war ein Brummen zu hören. »Es wird bis zur Vernehmung sicher auch noch eine Weile dauern. Eventuell kann das noch warten.«

Der Kommissar hörte sehr deutlich die Verärgerung in der Stimme seiner Mutter und schob versöhnlich ein »Vielleicht sollte ich mal mit dem Mann sprechen, Mama?« hinterher.

Wie erwartet ging sie sofort darauf ein. »Das wäre vielleicht nicht schlecht.«

»Pass mal auf, Mama. Ich versuche, mich morgen Abend für eine Stunde abzusetzen, da kann ich bei Tante Anne vorbeischauen. Ich bin morgen

Nachmittag sowieso zu einer Besprechung in Hofgeismar, da kann ich schnell vorbeifahren.«

»Prima, Junge.«

Keller hasste es, wenn sie ihn »Junge« nannte - damals wie heute.

»Ich sage Tante Anne Bescheid, dass du morgen Abend bei ihr vorbeikommst. Sicher hat sie dann auch wieder frische Waffeln für dich.«

Bei diesem Gedanken lief Keller, der schon länger nichts mehr gegessen hatte, das Wasser im Mund zusammen. Aber auch Engelchen hob wie einst in der Schule den rechten Arm, um gestikulierend anzudeuten, dass sie auch gerne mitkommen wollte. Keller ignorierte es.

»Mama, ich muss jetzt Schluss machen und mich um meine Kollegin kümmern, der geht es nicht gut.«

Bei diesen Worten presste Engelchen beide Hände auf den Mund und tat so, als ob sie kurz davor wäre, ihren Mageninhalt in den Fußraum zu entleeren.

»Frau Engel sitzt bei dir im Auto?«

»Ja, das habe ich doch schon gesagt. Sie hat auch unser ganzes Gespräch mitgekriegt.«

»Oh, das ist mir jetzt aber peinlich. Grüß sie bitte mal recht lieb von mir.«

»Das kannst du auch gerne selber tun, sie hört ja immer noch mit.«

»Ach, mach du das mal. So ein nettes Mädchen.«

Jetzt wurde es Keller langsam richtig peinlich.

»Mach's gut, Mutter, ich melde mich wieder bei dir.«

»Mach's gut, mein Junge. Hab dich lieb.«

»Ich dich auch.«

In diesem Moment legte Keller einfach auf.

Engelchen fing an zu grinsen.

»Kein Wort!« Sein Blick hätte Engelchen in diesem Moment ernsthaft verwunden können.

AC/DC spielte gerade ›TNT‹, als sie am Hafenplatz eintrafen. Keller schickte Engelchen schon vor, er selbst brauchte etwas Zeit zum Nachdenken. Er wusste, dass ihm noch eine penible Befragung seiner Assistentin bezüglich Tante Anne, des Diebes und des Verhältnisses zu seiner Mutter bevorstand.

Keller lief eine Runde um ›Carls Hafen‹, das machtvollste Überbleibsel des Versuchs von Landgraf Carl, einen Kanal zwischen Karlshafen und Kassel zu bauen. Das Wasser im Hafenbecken war abgelassen, da die Hafenmauer gerade komplett renoviert wurde. Während dieser Zeit war im alten Hafen ein regelrechter Urwald herangewachsen. Keller dachte an früher, als man in den kalten Wintern hier noch Schlittschuhlaufen konnte. Was waren das für Zeiten: Abends hatte es Hafenbeleuchtung und sogar Musik aus dem Rathaus gegeben.

Ein Regentropfen traf ihn mitten auf die Stirn – er war wieder im Hier und Jetzt.

Keller dachte an Tante Anne. Eigentlich war es ja gar nicht seine richtige Tante, mehr so etwas wie eine ›Ruftante‹. Sie war die Mutter seiner Freunde Peter, Karin und Jörg, die damals im Nachbarhaus gewohnt hatten und schon fast so etwas wie seine Geschwister gewesen waren. Er hatte eine wunderbare Kindheit verbracht, bis Joachim, der Mann von Tante Anne, versetzt worden war und sie nach Baunatal zogen. Erst als Joachim pensioniert wurde, siedelten sie nach Trendelburg um. Joachim konnte seinen Ruhestand nur gut ein Jahr genießen, dann starb er an Herzversagen. Infolge des schlechten Verhältnisses zu seinem Vater war Tante Anne für Keller zu so etwas wie einer zweiten Mutter geworden. Im Gegensatz zu seinem Vater, dem er nie zum Geburtstag gratulierte, vergaß Keller niemals, Tante Anne einen Strauß Blumen zu schicken. Mit schweren Gedanken ging er zurück zum Polizeiposten – traurig und wütend zugleich.

16

Er hatte das erschöpft eingeschlafene, nun erneut verängstigte Mädchen gerade geweckt und ihr die Augen verbunden – sie sollte nicht sehen, wo er sie hinbringen würde.

*

»Kommissar Keller, es gibt Neuigkeiten!«

Keller war kaum durch die Tür gekommen, da stürmte Engelchen ihm auch schon entgegen. Sein Gesicht zeigte nicht den Ausdruck, welcher intelligente Lebewesen gemeinhin auszeichnet – wahrscheinlich wunderte er sich über den stürmischen Empfang sowie darüber, dass Engelchen ihn so formell ansprach. Aufgrund der langen Zeit, die sie in den letzten Tagen miteinander verbracht hatten, befand er sich augenblicklich wohl eher im ›Duz-Modus‹.

»Gerade hat der Helmarshäuser Tennisverein eine Liste seiner Mitglieder geschickt. Wir haben Glück, und heute Morgen sind nicht nur die Plätze besetzt, sondern auch das Büro.« Engelchen machte eine dramaturgische Pause.

»Und?«, fragte Keller missgelaunt.

»Ein gewisser Oliver Tolle gehört zu den Mitgliedern und regelmäßigen Nutzern des Centercourts an der Diemel.« Tadaaa! Das musste ihren Chef doch umhauen!

Keller schien hingegen zu grübeln. »Er kann aber nicht der Entführer sein, schließlich war er in der Bank.«

»Ja«, warf sie ein, »aber er war doch sowieso ein recht widersprüchlicher Zeitgenosse. Vielleicht sollten wir ihn nochmal intensiv mit unserer Zuneigung bedenken.«

»Gut, Engelchen, da wir ansonsten keine aktuellen Hinweise haben, sollten wir der Sache nachgehen. Mir war der Kerl auch nicht richtig geheuer. Also los!«

»Moment, wo wollen Sie denn hin, Chef?« Engelchen sah ihren Vorgesetzten misstrauisch an. So forsch kannte sie ihn gar nicht.

»Zum Tennisplatz. Mit ein bisschen Glück erwischen wir ihn dort noch. Ansonsten zu ihm nach Hause, er wohnt am Mittelberg.«

Zehn Minuten später hatten sie ihr Ziel erreicht.

Die Tennisplätze waren verwaist, doch trafen sie einige Sportler im Clubhaus an. Immer noch in ihr weißes Tennis-Outfit gekleidet, saßen drei Männer und zwei Frauen an den kleinen Bartischen. Sie mussten gerade erst vom Platz gekommen sein, einige hatten sich Handtücher umgehängt.

»Guten Morgen, meine Damen und Herren! Wir sind auf der Suche nach Herrn Tolle, ist er schon weg?« Keller, der dies in die Runde fragte, schien darauf verzichten zu wollen, sich erst einmal vorzustellen, und legte daher gleich los.

Ein älterer Herr in traditionellem Tennis-Weiß, den Schläger noch in der Hand, antwortete kurz angebunden: »Der ist gerade mal kurz zur Toilette und müsste jeden Moment wieder da sein.«

»Frau Engel, bitte«, meinte der Kommissar daraufhin und zeigte mit dem Kinn zum Ausgang.

Sie kannten sich bereits so gut, dass Keller gar nicht mehr zu sagen brauchte, was sie in so einem Fall tun musste. Engelchen wusste sofort, was er von ihr erwartete. Er selbst ging in Richtung Toilette, wohingegen sie nach draußen eilte. Tolle musste hier irgendwo sein. Auf der Toilette … sehr lustig. Der älteste Trick auf Erden! Auf einem Kiesweg umrundete sie das Gebäude, bis sie vor dem hinteren Trakt des Vereinsheims stand. Ungefähr zehn Meter von ihr entfernt nahm sie zwei Schuhe wahr, die aus einem kleinen Fenster heraushingen. Einige Sekunden später folgten zwei Beine, dann der Oberkörper, und schließlich ließ sich der komplette junge Mann herabgleiten. Engelchen hatte ihn schon erwartet, und Tolles Gesichtsausdruck sprach Bände, als er sie erkannte. Ein ungelenker Versuch davonzulaufen endete nach einem kurzen Gerangel in einem eisernen Transportgriff und der sofortigen Kapitulation des jungen Mannes. Engelchen grinste. Sie war stärker, als sie aussah! Damit hatte er wohl nicht gerechnet. Tolle konnte aber auch nicht ahnen, dass sie nur aus Spaß zweimal die Woche als Jiu-Jitsu-Trainerin im Polizeisportverein arbeitete.

»Der Mann ist ein echter Mehrkämpfer«, entfuhr es ihr, als sie mit dem Verdächtigen im Schlepptau wieder im Vereinsheim auftauchte, wo Keller sie schon an der Tür übertrieben freundlich begrüßt hatte. »Er spielt nicht nur Tennis, er kann auch durch Toilettenfenster klettern. Ansonsten hat er nicht viel drauf – für eine Schulhofprügelei würde es gerade mal ausreichen.«

»Was wollen Sie von mir? Sie blamieren mich ja vor meinen Freunden! Und lassen Sie mich los, verdammt, Sie tun mir weh! Sind Sie im Judo oder so was?« Tolle wollte seinen Arm aus Engelchens Umklammerung reißen, doch gelang es ihm nicht.

Tolle sah Keller nicken, da ließ sie ihn endlich los. Er rieb sich wie wild über immer dieselbe Stelle. »Dürfen Sie das überhaupt?«

»Blamiert haben Sie sich bereits selbst, oder sind Ihnen die offiziellen Zugangswege zum Clubhaus verwehrt?« Keller machte eine kurze Pause. »Lassen Sie uns ein Stück gehen.« Er schaute in die Runde. »Auf Wiedersehen und einen schönen Tag noch.«

Engelchen nickte den Anwesenden nur kurz zu.

Aber sie spürte die stechenden Blicke in ihrem Rücken, als sie das Vereinsheim mit Keller und Tolle verließ und Richtung ›Promenade‹ ging. Sie liefen zu dritt ein Stück den Plattenweg entlang, die Verlängerung des Sonnenwegs und ehemalige Trasse der Carlsbahn.

»Also, was wollen Sie von mir?« Tolle hatte die Hände in die Taschen gesteckt, aber Engelchen konnte erkennen, dass er sie darin zu Fäusten geballt hatte.

Keller begann: »Zunächst möchte ich wissen, was Sie letzten Freitag in der Bank zu tun hatten!«

»Das habe ich Ihnen und Ihren Kollegen doch schon gesagt: Ich wollte Geld abheben«, moserte Tolle. »Und Kontoauszüge abholen«, setzte er schnell hinzu.

»Fahren Sie dazu immer in die Filiale nach Helmarshausen?«

»Mal so, mal so. An diesem Tag war ich gerade in Helmarshausen.«

Engelchen schob sich wieder mal eine Locke hinter das Ohr. »Was für ein Auto fahren Sie?«

»Einen blauen Golf, warum?« Er kaute angestrengt auf der Unterlippe.

»Kennen Sie vielleicht jemanden, der einen silberfarbenen Ford Focus fährt?«, wollte sie weiter wissen. Der Wind hatte ihr das Haar inzwischen wieder ins Gesicht geblasen.

»Einen silberfarbenen Ford Focus? Ja, mein Tennispartner Bernd Sebald.« Wieder machte Tolle ein Gesicht, als wäre ihm etwas herausgerutscht, das er eigentlich nicht sagen wollte.

»Wo wohnt Herr Sebald?«, mischte sich Keller nun in das Gespräch ein.

Tolle schien zu ahnen, dass es nun kein Zurück mehr gab. »Hier in Helmarshausen, in der Georg-August-Zinn-Straße.«

»Stammt Sebald zufällig aus Südhessen?«

»Nein, er ist ein bekennender Monzer und sogar in Helmarshausen geboren. Aber sein Bruder wohnt schon seit seiner Kindheit in Offenbach. Die beiden sind typische Scheidungskinder; er beim Vater in Helmarshausen, sein Bruder bei der Mutter in Offenbach. Warum?«

»Später. Herr Tolle, wir möchten Sie bitten, uns zum Polizeiposten nach Karlshafen zu begleiten, wo wir Ihre Aussage gerne zu Protokoll nehmen würden.« Keller war stehengeblieben und sah den Verdächtigen ernst an.

»Muss das sein?«

»Ja, muss es.« Nach einer kurzen Pause fügte der Kommissar hinzu: »Wie heißt übrigens der Bruder?«

»Stefan, Stefan Sebald.«

»Okay – Engelchen, legen Sie den Hebel um!«

Kellers Assistentin nickte zustimmend. Beiden war bewusst, dass Tolle nicht im Entferntesten ahnte, was nun geschehen würde. Die Polizistin entfernte sich von den beiden Männern und begann zu telefonieren.

Der Kommissar und Tolle waren bereits einige Meter zu Kellers Wagen gelaufen, da rief Engelchen Keller hinterher: »Und wie komme ich hier wieder weg?«

»Keine Angst, ich sage Kneipp, dass Sie hier auf ihn warten.«

Sie schnaubte. »Witzbold.«

17

Keller gab sich größte Mühe, Tolle wirklich keinen Moment alleine zu lassen. Schließlich sollte der seinen Tennispartner und damit den vermutlichen Komplizen des Bankräubers nicht vorwarnen können. In einer Stunde würde eine Einsatzgruppe aus Kassel vor Ort sein, die die Festnahme durchführen würde.

Keller brauchte fast die ganze Stunde, um umständlich auf dem Computer ein Protokoll zu tippen. Er nutzte jeden Trick aus, um die Zeit so lange wie möglich auszudehnen. Tolle musste schon den Glauben an die Effektivität der Polizeiarbeit verloren haben, da setzte Keller noch einen drauf. »In diesem besonderen Fall möchte ich, dass mein Kollege Kneipp noch einen Blick auf das Protokoll Ihrer Aussage wirft, er ist ein ausgewiesener Fachmann für derartige Fälle.«

Der so Angesprochene drehte sich überrascht um und schaute Keller und Tolle verwirrt an.

Ein leises Klingeln kam aus der Hosentasche des Kommissars. »Moment.« Keller schaute auf sein Handy – er hatte gerade eine SMS bekommen. Er grinste und wandte sich sogleich wieder an Kneipp. »Mein Lieber, lassen Sie mich doch bitte wissen, ob Sie noch etwas an diesem Protokoll auszusetzen haben. Nehmen Sie sich ruhig Zeit, wir haben keine Eile.«

Der erstaunlicherweise ruhig und besonnen wirkende Tolle hatte bislang alle bürokratischen Schikanen still über sich ergehen lassen. Jetzt wurde er zum ersten Mal ungehalten. »Wie lange soll das denn jetzt noch dauern? Ich hätte nie gedacht, dass eine Seite Protokoll über den Wohnort eines Freundes bereits mehr als eine Stunde in Anspruch nehmen kann. Sie sollten in dieser Zeit lieber etwas Nützliches tun, beispielsweise Verbrecher fangen.«

Keller holte seinen letzten Trumpf bezüglich Verschleppung aus dem Ärmel. »Sie wissen ja gar nicht, wie das heute ist. Wir müssen uns seit Neustem strengen Qualitätsregeln unterwerfen und quasi jeden Tag irgendwelche neuen Normen einhalten. Ich gebe Ihnen ein Beispiel: Wenn das Protokoll auch sachlich in Ordnung ist, schaut mit hoher Wahrscheinlichkeit noch einmal ein Kollege aus der internen Qualitätskontrolle bei Ihnen vorbei. Er würde dann Buchstabe für Buchstabe noch einmal mit Ihnen besprechen. Ich kann mir nicht vorstellen, dass das in Ihrem Sinne ist. Da machen wir es lieber gleich richtig und haben dann alle unsere Ruhe.«

Tolle schnaufte und sprang vom Stuhl auf. »Ruhe, genau! Die hätte ich gerne, ich muss nämlich mal telefonieren.«

»Das geht leider nicht.«

»Und warum geht das nicht? Sie strapazieren hier meine Nerven mit Ihren Qualitätsvorschriften, da werde ich doch wenigstens meine Verabredung absagen dürfen?«

»Tut mir leid, das geht nicht. Sicherheitsvorschriften. Sie würden mit der Benutzung Ihres Handys möglicherweise unsere technischen Einrichtungen stören.« Es war Kneipp, der sich mit dieser absurden Begründung in das Spiel einzumischen begann.

»Sind wir hier im Krankenhaus? Das Telefon Ihres Kollegen hat doch auch eben geklingelt! Mir egal – dann gehe ich eben nach draußen, ist das wenigstens erlaubt?«

»Nein, wir sind ja noch nicht fertig«, unterband Keller diesen ›Ausbruchsversuch‹.

Tolles Kopf wurde röter und röter. Wäre er ein Dampfkochtopf gewesen, so hätte er sicherlich gleich zu pfeifen begonnen. Sichtlich frustriert nahm er wieder auf seinem Stuhl Platz.

»Wir hätten da auch noch etwas zu lesen für Sie.« Mit diesen Worten reichte Kneipp Tolle je eine Ausgabe des ›Kickers‹, der ›Landkinder‹ und der ›HÖRZU‹, die Engelchen allesamt angeschleppt hatte. Da Tolle keine Anstalten machte, eine der Zeitschriften anzunehmen, legte Kneipp sie vor ihm auf den Schreibtisch.

Wieder klingelte es in Kellers Hose. Die zweite SMS könnte mit dem gewünschten Inhalt Tolles Erlösung bedeuten.

Der Kommissar las und lächelte.

*

Martin Schirmer, Leiter der Einsatzgruppe, steckte das Telefon zurück in seine Gürteltasche. Er hatte soeben eine Nachricht versandt: ›Einsatz erfolgreich, Zielobjekt unverletzt festgenommen.‹

Wenige Minuten zuvor hatten die Beamten das Haus in der Georg-August-Zinn-Straße umstellt und waren durch den Keller eingedrungen. Als Bernd Sebald und Bianca Müller, seine neueste Liebschaft aus Gottsbüren, merkten, dass vermummte und schwer bewaffnete Männer im Schlafzimmer standen, schrie das Mädchen auf. Keine zehn Sekunden später lag Bernd Sebald nackt und fixiert auf dem Boden seines Schlafzimmers. Anschließend nahmen die Beamten Sebald unsanft in ihre Mitte und verließen den Raum, damit Frau Müller sich abseits neugieriger Blicke standesgemäß anziehen konnte. Sie musste ebenfalls mitkommen.

*

»Ich denke, Kneipp, das Protokoll ist in Ordnung.« An Tolle gewandt fuhr Keller fort: »Unterschreiben Sie hier, und Sie können gehen, telefonieren oder die Karpfen im Hafen füttern.«

»Da ist doch gar kein Wasser drin«, antwortete Tolle verdutzt.

»Dann eben die Waschbären.« Der junge Mann furchte die Stirn. Einen seltsameren Polizeibeamten hatte er in seinem ganzen Leben noch nicht gesehen. Er unterschrieb und verließ den Raum. Das Ganze hatte keine zwei Minuten gedauert. Er trat eben aus der schweren Holztür auf die Straße, als sein Freund Sebald schwerbewacht die Treppe hinaufgeführt wurde. Als dieser Tolle erkannte, spuckte er vor ihm aus und raunte ihm verächtlich »Du mieser Verräter!« entgegen. Er ließ von weiteren Aktionen oder Äußerungen ab, da der zuständige Beamte sofort den Transportgriff anzog, und Tolle konnte noch erkennen, dass Sebald schmerzverzerrt das Gesicht verzog, bevor er selber mit der Schnelligkeit eines Hundert-Meter-Läufers das Weite suchte.

18

Lief es zunächst gut, so wurde es nach kurzer Zeit immer schwieriger. Das Mädchen war immer wieder eingeschlafen, und er hatte es fast die ganze Zeit tragen müssen.

*

»Was wollen Sie eigentlich von mir? Ich habe ganz gemütlich mit meiner Perle im Bett gelegen, da kommt plötzlich Ihr Rollkommando vorbei und zerstört mir meine halbe Wohnung. Wer kommt denn jetzt für den Schaden auf?«

»Herr Sebald, fahren Sie einen silberfarbenen Ford Focus?«

»Ja, warum wollen Sie das wissen?

Keller ging nicht auf Sebalds Frage ein. »Waren

Sie am Vormittag des 22. Mai 2015 um zehn Uhr fünfundvierzig in der Helmarshäuser Steinstraße?«

»Ja, was zum Teufel soll das?«

»Beantworten Sie einfach nur meine Fragen. Was haben Sie dort gemacht?«

Der Mann überlegte kurz. »Ich hatte gehört, dass die Bank überfallen wurde, das wollte ich mir nur einmal ansehen. Außerdem habe ich auf Oliver gewartet.«

»Oliver Tolle?«

»Genau der.

»Sie bleiben also dabei, dass Sie nur ein zufälliger Gaffer waren?«

»Wenn Sie so wollen …«

»Haben Sie vielleicht auf Ihren Bruder gewartet, auf Stefan Sebald?«

Sebald blickte Keller tief in die Augen. »Mein Bruder ist hier in der Gegend, warum haben Sie das nicht schon viel früher gesagt?«

Keller, der sich nicht von der Gegenfrage provozieren ließ, fragte weiter: »Hatten Sie denn nichts in der Bank zu erledigen?«

»Nein, ich überfalle lieber ältere Damen.« Der Befragte grinste anzüglich.

In diesem Moment wusste Keller, dass Sebald seine Absichten durchschaut hatte. Doch war dieser Satz für Keller genau das richtige Stichwort, musste er doch sogleich an seine Tante Anne denken. Und in dieser Hinsicht verstand er nun gar keinen Spaß.

»Okay, Sebald, Sie sollten uns besser erklären, was Sie in der Steinstraße getan haben, sonst krieg ich Sie dran! Wie klingt das für Sie: Mittäterschaft bei einem Bankraub, bei Nötigung, bei schwerer Körperverletzung und bei Kindesentführung?«

»Nur weil ich mir einen Bankraub aus der Nähe angeschaut und auf meinen Kumpel gewartet habe? Werden die Gaffer auf der Autobahn eigentlich auch so schwer belastet?«

Keller ließ sich nicht aus der Fassung bringen. »Das ist Ihre Geschichte, sind Sie sich sicher?«

»Ja, Olli und ich wollten noch eine Runde Tennis spielen.«

»Warum hat uns Ihr Kumpel dann nicht gesagt, dass Sie auf ihn warteten?«

Sebald schüttelte den Kopf und schien einen Punkt auf der Raufasertapete zu fixieren. »Das kann ich Ihnen auch nicht sagen, der Olli ist manchmal etwas konfus. Aber das sollten Sie inzwischen auch wissen.«

In dieser Hinsicht musste ihm Keller leider recht geben. Bei seinen Zeugenaussagen hatte Tolle keine gute Figur abgegeben und sich ständig widersprochen. Auch hatte er, naiv wie er war, Sebald durch seine Aussagen erst in Verdacht und anschließend in Polizeigewahrsam gebracht.

Da öffnete sich die Tür, und Engelchen kam herein.

»Und?«, wollte ihr Chef wissen.

»Keine Turnschuhe«, antwortete sie und hob wie entschuldigend die Hände.

Keller versuchte, sich seine Enttäuschung über Engelchens Information nicht anmerken zu lassen, dankte ihr und bat sie, noch dazubleiben. An sein

90

Gegenüber gewandt fuhr er fort: »Herr Sebald, wo befinden sich Ihre Tennisschuhe?«

»Die habe ich vor einigen Tagen in die Mülltonne geworfen, die Tonne wurde aber bereits abgeholt. Wünsche fröhliches Suchen!«

Diese schnippische Antwort trieb Keller fast auf die Palme, aber er betrachtete für einige Sekunden wieder den vor sich hin zuckenden Sekundenzeiger der Wanduhr. Vielleicht konnte er den Verdächtigen aus der Reserve locken. »Kann es nicht vielmehr sein, dass Sie Ihrem Bruder die Schuhe geliehen haben?«, fragte er deshalb.

Sebald fuhr zusammen. »Niemals!«, schrie er Keller ins Gesicht. Nach einer kurzen Pause fügte er ruhiger hinzu: »Da kommt mein Bruder schon in diese gottverlassene Gegend und meldet sich noch nicht einmal bei mir. Und jetzt sagen Sie, dass er mir auch noch meine alten Tennisschuhe geklaut hat?«

Keller wollte gerade antworten, da kam ihm Sebald noch einmal zuvor: »Ich möchte hier und jetzt Anzeige gegen meinen Bruder erstatten, geht das?«

Keller merkte, dass er langsam, aber sicher innerlich zu kochen begann und auch der meditative Blick auf den Sekundenzeiger ihn nicht vor einer Explosion bewahren würde. Er zwang sich noch einmal zur Ruhe und holte vor seiner nächsten Frage tief Luft. »Mit welchen Schuhen wollten Sie eigentlich am Freitag Tennis spielen?«

»Olli wollte mir seine alten Schuhe pumpen, wir haben zufällig die gleiche Schuhgröße.«

Keller wurde plötzlich bewusst, dass er dringend eine Auszeit brauchte. Er hatte keine Ahnung, wie er diesen Kerl knacken konnte. »Wir machen jetzt mal eine Pause.«

»Ihnen sind wohl die guten Fragen ausgegangen?«, war Sebalds hämischer Kommentar darauf. Dann grinste er und streckte seinen Bauch vor. »Ich hätte gerne eine Pizza Tonno und 'ne Cola.«

Keller antwortete nicht und ging.

Draußen trat er gegen den Drahtpapierkorb, sodass dieser quer durch den Raum flog.

»Für einen indirekten Freistoß nicht schlecht!«, so Jensen, der Kollege von Kneipp.

Ihn traf ein eisiger Blick Kellers, der Jensen beim nächsten Mal sicher erst würde nachdenken lassen, bevor er noch einmal so einen Spruch abließ. Plötzlich überkam Keller eine ungeahnte Sehnsucht nach Nikotin. »Rauchen Sie?«, fragte er seinen Kollegen.

Jensen schaute überrascht. »Nein, tut mir leid. Aber ich könnte Ihnen eine Packung vom Automaten holen?«

Bevor Keller antworten konnte, kam Kollege Berg mit einer halbvollen Packung auf ihn zu. »Bedienen Sie sich.«

»Gut, der Mann! Danke.«

»Ich wusste gar nicht, dass Sie rauchen, Chef?«

Keller drehte die Zigarette zwischen den Fingern, sodass der Tabak etwas herausrieselte. »Tue ich auch nicht. Aber dieser Typ treibt mich in den Wahnsinn. Die Alternative wäre, einen Waschbären mit bloßen Händen zu erwürgen.«

»Das geht doch gar nicht«, mengte sich Jensen ein.

»Eben – darum muss ich jetzt eine rauchen. Engelchen, kommen Sie bitte mit mir«, bat er seine Assistentin, die sich inzwischen zu ihren über den Fall debattierenden männlichen Kollegen gesellt hatte.

»Betreutes Rauchen?«, fragte sie.

»Nein, Coaching«, verbesserte ihr Chef.

Vor der Tür schwiegen Keller und seine Assistentin zunächst. Keller wusste nicht, was er sagen sollte, die Assistentin hingegen wartete, was ihr Chef zu berichten hatte.

»Wie können wir Sebald nachweisen, dass er in der Sache mit drinhängt? Wir haben keinerlei Beweise.« Keller hatte immer noch die Zigarette in der Hand, die er nervös zerrupfte.

»Uns bleibt nichts übrig, als die Aussage von Tolle zu verwenden, der zufolge er nichts von Sebalds Absichten, ihn abzuholen, gewusst haben will.«

Wütend warf der Kommissar die Trümmer des Glimmstängels auf den Boden. »Jetzt müssen wir uns schon auf die konfuse Aussage eines solchen Dewes verlassen.«

»Ich stimme dir zu – ›Born to be blöd‹!«

»Wie ich das sehe, können wir sowieso nur verlieren. Behalten wir Sebald in Gewahrsam, so wird es bekannt, und sein Bruder rächt sich an Selma. Lassen wir ihn frei, so warnt er seinen Bruder, und zudem reißt uns die Öffentlichkeit da draußen genüsslich den Kopf ab.« Keller schaute auf die

93

Uhr. »Heute wird das nichts mehr. Sorg doch bitte dafür, dass Sebald in Untersuchungshaft kommt und nach Kassel überstellt wird. Hier kann er nicht bleiben. Ich melde mich für heute ab, wir knöpfen ihn uns morgen früh noch einmal vor. Vielleicht ist er etwas geschmeidiger, wenn er eine Nacht in der Zelle gesessen hat.«

Engelchen kommentierte das nicht, sondern wünschte ihm nur einen schönen Abend. Aber erst nachdem sie ihn gebeten hatte, die Zigarettenreste vom Boden zu pflücken und fachgerecht zu entsorgen.

19

Keller hatte Glück, er hatte für diese Nacht ein Zimmer im Hotel ›Zum Weserdampfschiff‹ bekommen. Er wollte noch ein bisschen fernsehen. Seine Dienstwaffe lag bereits auf dem Tisch. Als er gerade angefangen hatte, sich auszuziehen, meldete sich ›Die Frau in Rot‹, Kellers neuer Handy-Klingelton. In einem unbeobachteten Moment hatte Engelchen sich das Telefon genommen und den Klingelton verändert. Entsprechend der Wette mit dem Chris-de-Burgh-T-Shirt auf dem Orange-Blossom-Festival hatte sie den Song ›Lady In Red‹ des Sängers eingestellt.

»Mist«, entfuhr es ihm. Er nahm das Telefon und drückte den Knopf. »Ja, Keller.«

»Hier ist Kneipp, Sie müssen kommen.«

»Ich will gerade in die Heia gehen und habe eigentlich keine Lust, jetzt noch draußen zu spielen.« Keller wurde schnell wieder ernster. »Was ist denn los?«

»Tolle hat uns alarmiert, vor seinem Haus habe sich eine wütende Menschenmenge versammelt. Er ist total in Panik. Seine Stimme hat gezittert, und ich konnte ihn zuerst gar nicht richtig verstehen. Die Leute rufen anscheinend Parolen und drohen, in sein Haus einzudringen.«

»Gut, ich komme.«

Schlechtgelaunt zog Keller sich wieder an und achtete darauf, Dienstwaffe und Halfter wieder umzuschnallen. Er dachte an die dicke Maglite-Taschenlampe, die hinter seinem Fahrersitz lag. Die würde er mitnehmen, um sie gegebenenfalls als Schlagstock einsetzen zu können. Wer konnte schon wissen, wie die wütende Menschenmenge reagierte, wenn sie einen Polizeibeamten erblickte?

Er fuhr rückwärts aus dem kleinen Hof hinaus und am Polizeiposten vorbei. In diesem Moment dachte er an Engelchen und fragte sich, ob sie wohl schon vor Tolles Haus war. Sicher hatte Kneipp sie ebenfalls längst angerufen.

Keller fuhr am Ortsschild Helmarshausen vorbei und bog sogleich links ab, um über die Diemelbrücke auf den Mittelberg zu fahren, denn dort wohnte Tolle. Als er in die Straße am Friedhof einbog, sah er bereits die Menschenmenge. Als er näher kam, konnte er ihre Rufe sogar durch das geschlossene Autofenster hören: »Verbrecher!« und »In den Knast mit dem Schwein!«

Er hielt an – noch hatten sie ihn nicht bemerkt. Zu sehr waren sie mit sich selbst und dem vermeintlichen Verbrecher beschäftigt. In aller Ruhe nahm der Kommissar das Blaulicht aus der Halterung, kurbelte das Fenster herunter und stellte das Signal auf das Wagendach. Bereits einen kurzen Moment, nachdem er es eingeschaltet hatte, zog es die Blicke der Leute auf sich. Für einen Augenblick verstummten die Rufe.

Keller stieg aus und ging den Menschen entgegen. Wo ist Engelchen?, dachte er bei sich. Wenn die Leute so wütend sind, dass sie auf mich losgehen, könnte ich sie gut brauchen. Er richtete sich zu voller Größe auf und versuchte, möglichst stramm weiterzulaufen.

Einzelne Repräsentanten der rund zwanzigköpfigen Meute kamen Keller nun tatsächlich entgegen. Wütend riefen sie: »Aah, der Freund und Helfer!« oder »Komplize!« Nervös fasste Keller sich an die Seite, wo seine Dienstwaffe saß. Die Taschenlampe hatte er natürlich vergessen, jetzt zurückzugehen hätte als ein Zeichen von Schwäche gedeutet werden können. Er musste da jetzt durch.

Der Kommissar holte einmal tief Luft, bevor er auf Tuchfühlung mit den ersten Demonstranten ging. Wo bleiben Engelchen und Kneipp?, dachte er erneut. Der Gedanke machte ihn jedoch nur nervöser, sodass er noch einmal tief Luft holte – so wie er es in einem dieser Seminare gelernt hatte.

»Bitte verlassen Sie diesen Ort!«, rief er einem kleinen, untersetzten Mann zu, der wohl der Wortführer zu sein schien.

»Und wenn nicht?«, blaffte der zurück. Nachdem er in Kellers Richtung eine provozierende Geste gemacht hatte, fuhr er fort: »Wir dürfen uns hier in Deutschland, wo wir wollen, frei versammeln.«

Das kann ja heiter werden!, dachte der Kommissar und wünschte sich einmal mehr kollegialen Beistand. »Sie bedrohen gerade einen Menschen und stehen im Begriff, Landfriedensbruch zu begehen.« Er sah eine junge Frau mit einem Pflasterstein in der Hand. »Und Sie legen besser den Stein weg, bevor ich Sie wegen versuchter Sachbeschädigung festnehme!«, brüllte er ihr zu.

»Was wollen Sie machen, Sie einsamer Polizist? Wir sind mehr als Sie«, entgegnete diese frech und hielt ihm provozierend den Stein entgegen.

»Aber wir haben nicht nur das Gesetz auf unserer Seite, sondern auch die besseren Argumente.« Engelchen war von hinten an die Gruppe herangetreten und bahnte sich etwas grob mit dem Mehrzweckeinsatzstock den Weg zu ihrem Chef.

»Aua, Sie haben mich verletzt«, beschwerte sich die Frau mit dem Pflasterstein.

»Und Sie haben mich bedroht«, entgegnete ihr Keller. »Wollen wir es mal darauf ankommen lassen?«

Da sich inzwischen Kneipp vor der Haustür postiert hatte und Jensen, ebenfalls mit Schlagstock und grimmigem Blick, auf der anderen Seite stand, gaben die Menschen vor Tolles Haus auf. Die Frau warf resignierend den Pflasterstein auf den Gehweg, beinahe traf sie den Fuß eines Mitstreiters.

Ich liebe die Kavallerie!, dachte Keller.

»Kommt«, sagte der Wortführer, »wir gehen. Schließlich müssen wir noch ein paar Kilometer fahren.«

Keller horchte auf. Es war ihm egal, ob er damit vielleicht die Menge provozierte, aber er musste das einfach wissen. »Zeigen Sie mir doch bitte einmal Ihren Personalausweis!«, forderte er.

»Warum sollte ich das tun?« Der Mann wirkte etwas erschrocken.

»Weil ich es will.« Keller rief zu Jensen hinüber: »Machen Sie doch bitte auch einmal eine Stichprobe in der Menge.«

Jensen tat wie ihm aufgetragen.

Kellers Gegenüber zog widerwillig die Brieftasche hervor und gab Keller seinen Personalausweis. Keller betrachtete ihn kritisch. »Herr Egon Alfred Becker, Sie sind aus Hameln?«

»Ja, das steht doch da«, antwortete Becker unwirsch.

Kellers Kollege unterbrach die von ihm durchgeführte Befragung, indem er mit einem Ausweis, den er wedelnd in die Höhe hielt, zurückkam. »Die junge Dame mit dem Pflasterstein heißt Karla Maria Voigt und kommt aus Kassel«, teilte er Keller mit.

Der Kommissar wandte sich wieder Becker zu. »Wer hat Sie hierher bestellt?«, fragte er.

Der Befragte schüttelte den Kopf. »Niemand, wir haben uns zufällig hier getroffen.«

»Erzählen Sie keinen Unsinn.« In Kellers Stimme schwang die Wut darüber mit, dass man ihn hier wohl zum Besten halten wollte. Er merkte, wie sich die Leute still und leise verabschiedeten und den Ort des Geschehens verließen. Nur Becker und Voigt standen noch bei den Polizisten, denn sie wollten natürlich nicht ohne ihre Ausweispapiere nach Hause gehen. Ungeduld und Verärgerung standen in ihren Gesichtern geschrieben.

Engelchen schaute etwas irritiert, Keller ahnte, was sie dachte.

»Lass den Rest der Meute ziehen, wir haben hier ja Bonnie und Clyde«, sagte sie.

Keller nickte Kneipp zu, der daraufhin die Demonstranten aufforderte, in Ruhe und Frieden den Heimweg anzutreten. Der Kommissar schaute ihnen noch kurz nach, dann drehte er sich wieder zu seiner Assistentin um. »Engelchen, wie organisieren die sich?«

»Ich würde sagen: Facebook.«

Zu ›Egon Alfred Becker‹ gewandt, fragte Keller: »Stimmt das?«

»Ja, das stimmt«, gab dieser, nun schon wesentlich kleinlauter, zu.

Nun war es Engelchen, die weiterfragte: »Gruppenname, geheime Gruppe, Zahl der Mitglieder?«

»Es ist die Gruppe ›Gerechtigkeit für jedermann‹, und ja, es stimmt, wir sind eine geheime Gruppe.«

»Was ist eine geheime Gruppe?«, fragte Keller leise, zu seiner Assistentin gewandt, sodass es die Umstehenden nicht hören konnten.

»Mensch, Chef«, sie holte tief Luft, »das heißt, dass man in der Gruppe angemeldet sein muss, um seine Beiträge in die Chronik zu stellen und andere

Beiträge lesen zu können. Ich zeig Ihnen das morgen mal.«

»Und wie viele Leute sind jetzt in der Gruppe?«, fragte Keller laut, der versuchte, von seinen Wissenslücken abzulenken.

»Gestern Abend waren es zweihundertacht«, entgegnete Karla Maria Voigt nicht ohne Stolz.

Keller pfiff leise durch die Zähne. »Nicht schlecht.«

»Das ist noch gar nichts«, entgegnete Engelchen. »Die Fantasy-Serie, die ich immer lese, ›Chronik der Seelenwächter‹, gefällt mehr als zweitausend Leuten.«

Keller nickte bewundernd.

Kneipp, der sich noch ein wenig vor Tolles Haus umgeschaut hatte und sich nun zu seinen beiden Kollegen stellte, mengte sich ein. »Was machen wir jetzt mit den beiden?«

»Wir haben sie vor einer großen Dummheit bewahrt, daher müssen wir sie ziehen lassen. Doch wären wir schön blöd, wenn wir die Chance nicht nutzen würden und sie damit gleich von weiterem Blödsinn abhielten.« Damit wandte sich Keller erneut an Engelchen. »Was schlagen Sie also vor?« Er hatte sich wieder daran erinnert, dass er sich vorgenommen hatte, sie vor anderen zu siezen.

Engelchen dachte einen Moment sichtbar angestrengt nach. »Wie wäre es damit: Ich suche auf Facebook Ihre Gruppe und melde mich an«, sagte sie dann zu Becker. »Sie sorgen dafür, dass ich aufgenommen werde. Ist die Sache vorbei, werde ich das Interesse an Ihren Aktivitäten verlieren und mich wieder abmelden. Können wir das so machen?«

»Ich glaube nicht, dass wir eine Wahl haben.« Der Demonstrant schaute fragend zu seiner Sympathisantin.

»Ja, aber nur solange das hier dauert«, stellte Karla Voigt klar. »Wir wollen nicht auf Dauer einen Maulwurf in unseren Reihen.« Sie machte eine kurze Pause, dann fuhr sie fort: »Ich bin einer der Administratoren, ich kann Sie in die Gruppe aufnehmen.«

»Gut, Sie hören noch heute von mir.«

Die beiden trollten sich. Ihre Facebook-Freunde hatten an der Gottsbürener Straße auf sie gewartet.

»Die haben wir kaltgestellt«, sagte Keller. »Aber wer sagt uns, dass nicht morgen der nächste organisierte Mob vor der Tür steht?«

»Das kann leider niemand wissen.«

»Mir fällt auf, dass keine Ortsansässigen mit dabei waren. Ich habe zumindest keines der Gesichter gekannt«, sagte Kneipp nachdenklich.

»Das ist in der Tat interessant. Wo das Mädchen doch hier recht viele Freundinnen hatte.«

»Gut, wir ziehen ab.« Keller machte eine einladende Bewegung. Der gestrige Tag steckte ihm immer noch in den Knochen, und die gewaltbereiten Demonstranten hatten ihm einen kleinen Schock versetzt.

Engelchen widersprach ihm: »Wollen wir nicht wenigstens mal kurz gucken, wie es Tolle geht?«

Keller nickte. »Sie haben recht, das sollten wir tun«, antwortete er seufzend. Er hätte alles darum gegeben, jetzt nach Hause fahren zu können, der Einwurf seiner Assistentin jedoch war völlig richtig gewesen. »Aber Kneipp und Jensen können schon mal abziehen. Ich danke Ihnen für Ihren Beistand. Ich hatte schon etwas weiche Knie.«

»Nicht der Rede wert, Chef«, antwortete ihm Kneipp.

»Gerne«, ergänzte nun auch Jensen.

Die beiden hörten noch, wie Jensen Kneipp fragte: »Ich hab jetzt echt Schmacht bekommen. Marcus, was meinst du, wollen wir nicht noch irgendwo etwas essen gehen?«

In diesem Moment meldete sich auch Kellers Magen mit einem lauten Grummeln, das sogar Engelchen erstaunt zur Kenntnis nahm. Aber es half nichts, sie mussten zuerst nach Tolle sehen.

20

Keller klingelte an Tolles Haustür. Als sich nichts rührte, klopfte er. »Herr Tolle, machen Sie auf, wir sind es – Keller und Engel.«

Es dauerte noch eine Minute, bis endlich ein Schatten hinter dem Glaseinsatz erschien. »Sie sind es wirklich?«

»Ja, beruhigen Sie sich.« Und um ihm jetzt und hier gleich einen eindeutigen Vertrauensbeweis zu liefern, ergänzte er: »Keine Angst, heute können wir das Protokoll gleich in Ihrer Wohnung machen.«

Nun endlich öffnete sich die Tür. »Kommen Sie rein.«

Die beiden Polizisten betraten den engen Flur. Es roch muffig, vermutlich verursacht durch die nasse Jacke an der Garderobe oder die Turnschuhe neben dem verschlissenen Schuhschrank. Sie gingen ins Wohnzimmer.

»Sie wohnen alleine?«, fragte Keller mit einem Blick auf die Kleidung, die überall herumlag.

»Ja, seit mein Vater vor einem Jahr gestorben ist. Bitte nehmen Sie doch Platz«, bot er seinen Rettern höflich an. »Und entschuldigen Sie bitte die Unordnung«

»Wie geht es Ihnen?«, fragte Engelchen, sichtlich besorgt.

»Jetzt wieder gut.«

Keller sah den dunklen Fleck auf Tolles Hose und schaute beschämt zu Engelchen. Sie hatte es auch gesehen, ihr Blick war in diesem Moment auch noch auf Tolles Hose gerichtet. Dann fragte er: »Auch wenn es Ihnen etwas unangenehm ist, wir müssen Ihnen noch ein paar Fragen stellen.«

»Bitte.«

Engelchen sah ihm in die Augen. »Warum standen die Leute vorhin vor Ihrem Haus?«

Nun wurde Tolle ärgerlich. »Warum wohl? Schließlich haben Sie mich vor aller Augen vor meinen Tennisfreunden lächerlich gemacht – schon vergessen?«

»Bleiben wir mal bei den Tatsachen. Sie waren es, der den Weg durch das Toilettenfenster genommen hat – schon vergessen?«

Engelchen wollte weiterreden, doch Keller kam ihr zuvor: »Wollen Sie sagen, dass einer Ihrer Tennisfreunde Sie sozusagen verraten hat?«

»Oder jemand, der gesehen hat, wie Sie mich in den Polizeiposten geschleppt haben. Vielleicht war es auch einer von Ihren Kollegen?«, stieß Tolle trotzig hervor.

»Vorsichtig, Tolle, das Eis wird jetzt sehr dünn.« Keller war in diesem Moment aus Versehen an das Tischbein gestoßen, jetzt hielt er sich sein Schienbein. Er beschloss, sich nicht weiter darüber zu ärgern, schließlich hatten sie hier schon genug an der Backe, ignorierte den Schmerz und fuhr fort: »Wir werden die Namen der Gruppenmitglieder abgleichen mit uns bekannten Personen, vor allem mit denen hier aus der Gegend.«

Engelchen nickte. »Vielleicht sollte ich mich schon bald darum kümmern – nicht dass die Gruppe plötzlich eine große Zahl an Mitgliedern verliert.«

»Gute Idee, Frau Engel.«

Kellers Assistentin holte ihr iPad aus dem Rucksack. »Wo kann ich hier mal ...«

Sie hatte kaum ausgesprochen, da antwortete Tolle ihr bereits: »Links die Tür, da ist die Küche.«

Der Kommissar wartete, bis sie die Küchentür geschlossen hatte. »Jetzt, wo wir alleine sind: Wollen Sie sich nicht erst einmal umziehen?«

Tolle bekam einen knallroten Kopf, er hatte sicher gehofft, sein Missgeschick bliebe unbemerkt. »Danke, gerne. Sie entschuldigen mich bitte einen Moment?«

Keller dachte kurz an eine eventuell bestehende Fluchtgefahr, verwarf den Gedanken jedoch schnell wieder. Tolle war in keinem guten Zustand. Und: Wohin sollte er schon gehen? Außerdem würde er sich damit erst recht verdächtig machen, und das wollte er doch tunlichst vermeiden.

Fünf Minuten später erschien der junge Mann in einer frischen Hose wieder im Wohnzimmer. »Haben Sie noch Fragen?« Keller konnte heraushören, dass Tolle hoffte, dass dem nicht so sei.

»Nein, eigentlich nicht«, antwortete er. »Ich frage mich nur, was wir jetzt mit Ihnen machen? Wenn die es geschafft haben, Sie zu finden, könnte es anderen auch gelingen.« Keller spielte jetzt absichtlich mit Tolles Angst, vielleicht würde er in diesem schwachen Moment doch noch einen entscheidenden Hinweis geben. »Fühlen Sie sich sicher, Herr Tolle?«, fragte er nun ganz direkt.

»Es muss gehen. Ich kann ja auch nicht weg, ich arbeite in Gieselwerder im Supermarkt.«

»Ich dachte, Sie haben seit einem Jahr keinen Job mehr?«

»Ein Kumpel von früher hat vorhin angerufen, im Getränkemarkt ist jemand von heut auf morgen längerfristig ausgefallen, da krieg ich 'ne Chance.«

»Gutes Gelingen. Hier ist meine Handynummer, Sie können mich jederzeit anrufen.«

Keller stand auf und rief dann laut in Richtung Küche: »Frau Engel, wie weit sind Sie?«

Die Tür ging auf, und seine Assistentin streckte den Kopf heraus. »Einen Moment noch, ich bin gleich so weit. Der Empfang ist hier nicht besonders, daher dauert es sehr lange, bis sich die Seite aufgebaut hat.«

Keller wandte sich nochmals an Tolle. »Sie wohnen hier seit dem Tod Ihres Vaters allein in diesem großen Haus – haben Sie denn gar keine Freundin?«

»Nein, im Moment nicht.« Tolle errötete leicht und wirkte peinlich berührt, und Keller war froh, dass Engelchen in diesem Moment die Küchentür öffnete.

»Wir können«, sagte sie.

Keller gab Tolle zum Abschied die Hand. Engelchen verzichtete angesichts der Vorkommnisse lieber auf diese Form des Höflichkeitsbeweis.

21

»Komm rein, mein Junge.«

Keller betrat das wie immer peinlich aufgeräumte Wohnzimmer und legte seine Jacke auf die Lehne eines Sessels. »Danke, Tante Anne.«

Sie tätschelte ihm den Arm. »Nimm Platz, ich hole die Waffeln und den Kaffee.«

»Soll ich dir helfen?«

»Ne, ne, ruh du dich mal aus. Kannst ja in die ›HÖRZU‹ gucken, wenn du dich langweilst.«

Keller schaute sich um. Hier war immer noch alles so wie vor fünfunddreißig Jahren. Zwar war es eine andere Wohnung, doch waren es noch die gleichen Möbel. Keller fühlte sich wie früher, als er dort als Kind ein- und ausgegangen war. Der alte, eichene Wohnzimmerschrank, die Sessel mit den Blumenüberzügen und die Fensterbank voller Blumen. Keller erinnerte sich, wie er einmal die alte Stehlampe umgeworfen hatte. ›Onkel‹ Joachim wollte ihn daraufhin verprügeln, Tante Anne hatte ihn jedoch noch rechtzeitig gerettet.

Keller hatte Angst vor diesem Gespräch, wusste er doch nicht, wie er auf die Geschichte reagieren würde. Heute war es bislang noch nicht gut gelaufen. Am Morgen hatten sie Sebald noch einmal in die Zange genommen, doch hatte dieser weiter mit ihnen Katz und Maus gespielt. Er hatte Keller bewusst provoziert, ihm ›Waterboarding‹ und Elektroschocks zur ›Wahrheitsfindung‹ vorgeschlagen. Wäre Engelchen nicht gewesen, so wäre Keller sicher auf ihn losgegangen. Die in Kellers Augen sinnlose Besprechung in Hofgeismar am frühen Nachmittag hatte seine Laune auch nicht verbessert – ganz im Gegenteil.

Es dauerte bestimmt fünf Minuten, bevor Tante Anne aus ihrer kleinen Küche ins Wohnzimmer zurückkehrte. In der einen Hand hielt sie ihren Stock, in der anderen die Kaffeekanne. Der Tisch war bereits gedeckt, Teller, Tassen, Milch und Zucker standen auf dem Wohnzimmertisch.

»Soll ich eben die Waffeln holen, Tante Anne?«

Sie ging langsam zum Tisch und stellte die Kanne ab. »Nein, nein, ist schon gut. Wenn du etwas tun willst, kannst du mal die Musik anmachen.«

»Gerne.« Keller stand auf und ging zu der alten, mit Kratzern übersäten Anrichte, auf der ein altes

Röhrenradio stand. ›Philips Philetta Röhrenradio BD 254 U‹ las Keller auf der Rückseite. Wie oft hatte er früher, als sie noch keinen eigenen Plattenspieler hatten, hier seine ABBA-Platten gehört. Aber das Radio funktionierte nach all den Jahren immer noch tadellos – naja, fast: UKW ging nicht mehr, doch konnte sie immer noch hr1 über Mittelwelle hören.

Weitere fünf Minuten später kam sie mit den Waffeln – die Menge, die sich auf dem Teller stapelte, hätte für das ganze Ausbildungscorps von Gunnery Sergeant Hartman gereicht.

Zunächst saßen sie stumm am Tisch, bevor Keller nach einigen Minuten das Wort ergriff. »Jetzt erzähl mal, Tante Anne, was ist passiert?«

Keller hörte zwanzig Minuten gespannt zu. Tante Anne erzählte ihm, wie sie Herrn Pelzer kennengelernt und wie er ihr immer so schön geholfen hatte. Jedes Mal hatte er die für eine fünfundachtzigjährige Frau so schweren Einkäufe eingepackt und zu ihr nach Hause gebracht.

»Bis in die Küche hat er mir die Sachen getragen«, nickte sie, um ihre Worte zu unterstreichen.

»Aber du kanntest ihn doch gar nicht?«, warf Keller ein.

»Stimmt, Ernst, aber ich brauchte doch Hilfe. Außerdem wollte ich nicht immer die Nachbarn belasten, die helfen mir ja schon so viel.«

»Das verstehe ich schon. Aber trotzdem war es ein wenig … voreilig von dir. Aber, egal. Nochmal zu besagtem Tag: Du hast ihn für dreizehn Uhr zu dir gebeten. Er ist gekommen, und ihr seid einkaufen gefahren. Um vierzehn Uhr dreißig Uhr wollte deine Haushaltshilfe kommen, darum hast du den Schlüssel für sie unter die Matte gelegt.«

»Ja, ich hatte nicht daran gedacht, dass Tatjana an diesem Tag früher als sonst kommen wollte. Weißt du, ich vergesse jetzt schon manchmal was. Bin ja nicht mehr die Jüngste. Da bin ich ein bisschen panisch geworden und habe mir nichts dabei gedacht, einfach den Schlüssel unter die Fußmatte zu legen.«

»Und Pelzer hat das gesehen?«

Tante Anne seufzte. »Er hat noch gescherzt, dass er es auch niemanden verraten würde. Jetzt weiß ich natürlich auch, dass ich das nicht hätte machen dürfen.«

»Und dann seid ihr losgefahren?«

»Ja, er wollte sich an jenem Tag extra etwas beeilen, damit wir schneller wieder zurückfahren konnten. Dabei hätte er beim alten Beckmann-Haus fast eine Katze überfahren. So Viertel nach zwei sind wir wieder zurückgekommen.«

Keller überlegte. »Und er hat dir wieder deine Einkäufe ins Haus getragen? Bis in die Küche?«

Tante Anne, die die ganze Zeit über schon ihre Kaffeetasse in den Händen gedreht hatte, stieß erneut einen Seufzer aus. »Nein, dieses Mal hatte er sie vor die Tür gestellt; angeblich, weil er es eilig hatte. Als ich dann aufschließen wollte, habe ich gleich gesehen, dass der Schlüssel an einer anderen Stelle lag.«

»Hast du Pelzer darauf angesprochen?«

»Nein, erst als ich mein Portemonnaie in die

Schublade zurücklegen wollte und gesehen habe, dass das Geld weg war. Aber da war er ja schon gegangen, und ich habe beschlossen, ihn anzurufen.«

»Könnte es jemand anders gewesen sein?«

Sie schüttelte den Kopf. »Nein, er war der Einzige, der von dem Schlüssel wusste. Ach, das war so dumm von mir!«

Keller griff nach ihrer Hand. »Jetzt beruhige dich, Tante Anne. Aber überlege noch mal. Was hat er gesagt, als du ihn mit dem Diebstahl konfrontiert hast?«

»Er ist gleich gekommen, hat aber sofort alles abgestritten. Er sprach davon, dass ich mir sicher eingebildet hätte, so viel Geld im Haus zu haben. Außerdem hätten ihn während der Wartezeit viele Leute auf dem Parkplatz gesehen, unter ihnen sein Bruder und seine Frau. Mensch, Ernst, was hast du doch für eine dumme, alte Tante!« Sie sah ihn mit schon leicht geröteten Augen an.

In diesem Moment wusste Keller nicht, was er antworten sollte. Er rückte seinen Stuhl ein wenig zur Seite, beugte sich vor und nahm sie einfach in den Arm. Für einen langen Moment erwiderte die alte Dame die Zärtlichkeit ihres Ziehsohns, und der Kommissar merkte, dass Tante Anne zu weinen begonnen hatte. Nach einer halben Ewigkeit ließ sie ihn los. Keller wusste, dass er nicht darum herumkam, sie weiter zu befragen.

»Mama hat gesagt, du warst schon bei der Polizei?«

Sie nestelte ein Taschentuch aus dem Ärmel ihres

Pullovers. »Ich habe dort angerufen, dann aber doch wieder aufgelegt. Ich habe mich nicht getraut. Könntest du vielleicht zuerst mit Pelzer sprechen?«

Keller nickte freundlich. »Das kann ich gerne machen. Obwohl ich denke, dass da nicht viel bei rauskommen wird. Der Typ wirkt ziemlich abgebrüht.«

Sie fing wieder an zu schniefen und fixierte die Tischdecke. »Dabei war er so höflich und konnte auch so nett sein. Immer hat er einen Scherz gemacht, und wir haben immer viel gelacht.«

»Gib mir mal seine Nummer, ich werde mich mit ihm treffen.«

22

Sie schlief immer noch. Er fühlte ihre heiße und feuchte Stirn – sie hatte starkes Fieber.

*

Keller war wütend – auf Pelzer, sogar auf Tante Anne. Wie konnte die ansonsten so patente Frau so einen Fehler machen? Nicht nur, dass sie sich mit diesem zwielichtigen Pelzer eingelassen hatte: nein, auch dass sie den Schlüssel vor ihm unter die Fußmatte gelegt hatte! Es schien die Zeit zu beginnen, in der sie nicht mehr in der Lage war, Situationen realistisch einzuschätzen.

Aber er hatte zunächst ein viel größeres Problem: Bernd Sebald wusste mehr, als er zugab. Er musste herausbekommen, wie weit er in der Sache mit drinsteckte.

Zurück im Büro, betrat er mit einem flauen Gefühl im Magen den Vernehmungsraum. Sebald wurde bereits vorgeführt und wartete auf sein Verhör. Aufrecht saß er da, ohne jede Angst davor, was nun auf ihn zukam.

»Guten Morgen Herr Kommissar. Haben Sie gut geschlafen?«

Keller überging die Provokation und warf ihm ein kurzes »Morgen!« entgegen. »Wir warten noch auf Frau Engel, dann können wir beginnen.« Dass Engelchen auch nie pünktlich sein konnte!

Fünfzehn Minuten später traf sie endlich ein.

»Guten Morgen, tut mir leid, mein Auto ist nicht angesprungen.« Sie sortierte die Unterlagen im Stehen.

»Haben *Sie* denn heute wenigstens gut geschlafen?«, fragte Sebald nun auch sie.

Engelchen schaute Keller nur verständnislos an, dann nahm sie Platz. Nachdem sie das Aufnahmegerät gestartet hatte, stellte Keller auch gleich die erste Frage: »Herr Sebald, haben Sie uns etwas Neues zu sagen?«

»Ja, ich finde, wir sollten uns einmal über die Verpflegung in deutschen Justizanstalten unterhalten. Ich für meinen Teil hatte gestern ein Hacksteak, das allererste Sahne war. Ich ...«

»Sie wissen genau, was wir von Ihnen wissen wollen.«

»Dazu habe ich bereits alles gesagt.«

Dieser sehr selbstbewusst vorgetragene Einwurf des derzeit Hauptverdächtigen brachte Keller kurz aus dem Konzept, dann fuhr er fort: »Finden Sie es nicht etwas seltsam, dass Sie am Morgen eines Bankraubs am Tatort waren? Dann ist auch noch Ihr Freund Oliver in der Bank? Und der Täter hat verdammte Ähnlichkeit mit Ihrem Bruder Stefan Sebald?«

In diesem Augenblick legte Keller ein Foto auf den Tisch, das eine Aufnahme von Stefan Sebald zeigte, der vor einem Jahr in Offenbach wegen eines Handtaschenraubs festgenommen worden war. Engelchen hatte Keller die Unterlagen gestern Abend auf den Schreibtisch gelegt, heute Morgen hatte er noch Gelegenheit gehabt, sie kurz zu sichten.

Engelchen beobachtete jede Regung in Bernd Sebalds Gesicht, doch konnte sie in diesem Augenblick nur ein kurzes Zucken entdecken.

»Dumme Sache damals. Aber Stefan konnte noch nie gut mit Geld umgehen«, antwortete der Verdächtige ganz ruhig.

»Finden Sie nicht, dass es zumindest ein unglaublicher Zufall war, dass sowohl Oliver Tolle, Ihr Bruder sowie Sie selbst zur gleichen Zeit am gleichen Ort waren? Um es zu konkretisieren: dem Ort, an dem gesichert mindestens einer von Ihnen einen Bankraub mit anschließender Geiselnahme begangen hat?«

Bevor Sebald antworten konnte, schoss Keller schon die nächste Feststellung hinterher. »Und zu guter Letzt hat Ihr Bruder bei diesem Überfall auch noch Ihre Tennisschuhe getragen!«

»Ich habe noch nie Lotto gespielt, bin hier also, was die rechnerische Wahrscheinlichkeit angeht, überfragt.«

»Nun werden Sie mal nicht frech!« Dabei stand Keller auf und stemmte seine Hände in die Seiten. »Ihr Bruder hat den bewaffneten Bankraub begangen und nach dem Schuss auf Meier die Nerven verloren. Oliver Tolle hat nicht eingegriffen, Sie selber haben ihn als Feigling bezeichnet. Sie hingegen waren der Fahrer, der Ihrem Bruder die Flucht ermöglichen sollte. Dann ging alles schief: Meier wurde angeschossen, Tolle machte sich in die Hose«, Keller verschwieg, dass er glaubte, dass dies bei Tolle keine Seltenheit war, »und Ihr Bruder hatte eine schwere Entscheidung zu treffen: Er entschied sich, das Mädchen als Geisel zu nehmen und in Meiers Auto zu fliehen. Sie haben gesehen, was geschehen ist, und sich bei Zeiten aus dem Staub gemacht. Nur dumm, dass das jemand gefilmt hat und wir Ihnen die Tatbeteiligung nachweisen können.«

Sebald lehnte sich entspannt zurück. »Gar nichts können Sie – und das wissen Sie. Ich wollte meinen Freund Olli abholen, mehr nicht.«

Kellers Ton wurde aggressiver. »Und warum sind Sie dann ohne Ihren ›Freund‹ losgefahren? Und wo wollten Sie eigentlich Tennis spielen? In Helmarshausen hatten Sie nämlich nichts reserviert.«

Sebald schwieg und starrte den Kommissar teilnahmslos an.

Nun versuchte Keller es mit dem seiner Meinung nach besten Argument: »Ihr Freund ›Olli‹ hat uns gegenüber angegeben, dass er eigentlich zum Zahnarzt wollte und erst kurzfristig über die Absage des Termins informiert wurde. Da wird er sich wohl kaum zum Tennisspielen mit Ihnen verabredet haben, oder?«

»Olli wird es wieder vergessen haben. Ich sagte Ihnen bereits, er ist manchmal etwas durcheinander.«

Keller spürte das Blut durch seinen Körper pulsieren. »Merken Sie eigentlich nicht, dass Sie sich immer tiefer in die Scheiße reiten? Ihre ewige Coolness wird Ihnen nicht mehr lange helfen.«

»Bisher halte ich mich, das müssen Sie zugeben, aber noch ganz gut. Sie haben mir immer noch nicht sagen können, was Sie eigentlich gegen mich in der Hand haben.«

Da tat es einen Schlag, der Sebald und Engelchen zusammenfahren ließ. Keller hatte mit voller Wucht mit seiner Faust auf den Tisch geschlagen.

»Sehen Sie«, so Sebald, »Ihre Wut bringt Sie auch nicht weiter. Lassen Sie mich jetzt gehen, dann vergessen wir das Ganze. Wenn ich meinen Bruder treffen sollte, werde ich ihn freundlich bitten, dass er das Mädchen freilassen soll. Falls es da was zum Freilassen gibt. So was macht man ja auch nicht, da bin ich ganz Ihrer Meinung.«

Jetzt beging Keller den, nach der Bedrohung Varricks vor der Bank, zweiten entscheidenden Fehler. »Gut, Sie können gehen«, sagte er nach einer Weile. »Doch bevor Sie hier raus kommen, sind noch einige Formalitäten zu erledigen. Diese kann ich getrost meiner Assistentin hier überlassen. Ich hingegen werde gerne einmal die Mutter von Selma anrufen. Die macht uns – gelinde gesagt – seit Tagen hier die Hölle heiß.«

»Chef!«

Doch Keller ließ sich nicht abbringen. »Der Mob da draußen würde am liebsten jemanden lynchen. Und im Moment stehen der Täter und ich ganz oben auf seiner Liste der meist gehassten Menschen.« Und mit einem für ihn ungewöhnlich sarkastischen Unterton fügte er lächelnd hinzu: »Ich möchte Sie nicht um Ihren wohlverdienten Ruhm bringen.«

Engelchen, die inzwischen aufgestanden war, nahm ihren Vorgesetzten am Arm und führte ihn außer Hörweite. »Chef, hören Sie auf, Sie reden sich um Kopf und Kragen!«, flüsterte sie.

Der Kommissar schaute seine Assistentin kurz an, dann wanderte sein Blick wieder hinüber zu Sebald. Keller war kaum noch er selbst. »Wissen Sie eigentlich, dass Ihr Kumpel Tolle von einem wildgewordenen Pöbel angegriffen wurde und wir ihn gerade noch vor der wütenden Menge retten konnten?«, fragte er übertrieben laut.

Keller schaute auf Sebald und wartete auf eine Reaktion. Doch wieder geschah nichts. Der Mann war einfach nicht aus der Ruhe zu bringen.

»Frau Schrick und ihre Sympathisanten werden sich sicher darüber freuen, dass ich einen der Hauptverdächtigen aus Mangel an Beweisen frei lassen musste. Sie sind sehr gut vernetzt, es würde also nicht lange dauern, bis sie vor Ihrer Tür stehen«, fuhr Keller fort.

»Sie wollen mir drohen?«

»Ja, und noch mehr als das.«

Sebald schluckte auffällig.

»Ich kenne einige Leute im Knast, die mögen es gar nicht, wenn man kleinen Mädchen etwas zuleide tut. Einen von ihnen wollte ich sowieso schon längst mal wieder besuchen.«

Sebald richtete sich auf. »Machen Sie das. Währenddessen werde ich mit meinem Anwalt sprechen und ihn über Ihre gut gemeinten Vorschläge informieren. Sie werden sich vermutlich nicht das Zimmer mit Ihrem Kumpel teilen müssen, doch ist es nun mit Ihrer Laufbahn bei der Polizei sicher schnell vorbei.«

Nun musste Keller schlucken – Sebald wusste ebenfalls, welche Schrauben er anziehen musste.

23

»Keller, Sie sind ein Idiot! Was haben Sie sich dabei gedacht, Sebald zu bedrohen? Sie wollten ihm die Mutter des Kindes und den Mob auf den Hals hetzen sowie ihn im Gefängnis verprügeln lassen.«

Der Polizeipräsident hatte, kaum hatte Keller den Raum betreten, angefangen diesen zur Schnecke zu machen. Das Feuerwerk an Bosheiten dauerte inzwischen fünfunddreißig Minuten. Unaufhaltsam näherte es sich nun seinem Höhepunkt.

»Ich ...«, versuchte der Kommissar einzuwerfen.

»Wie kommen Sie überhaupt auf diese Schnaps-idee?«

»Ich ...«

Doch wieder kam Keller nicht zu Wort.

»Ich muss Sie suspendieren lassen, es bleibt mir gar nichts anderes übrig.«

*

»Engel hier, spreche ich mit Frau Schrick?«

Kurze Pause.

»Gut.« Doch weiter kam Kellers Assistentin nicht, ein Redeschwall prasselte auf sie ein.

»Ich kann Sie ja gut verstehen. Außerdem weiß ich, dass Sie mich sicher nicht leiden können, da ich mit Holger zusammen bin.«

Die Frau am anderen Telefon schien ihrer Wut freien Lauf zu lassen.

Engelchen platzte der Kragen. »Hören Sie jetzt mal zu, es geht um Ihre Tochter und die Ermittlun-gen.«

Endlich hatte sie die Aufmerksamkeit der Frau.

*

Keller hatte kaum seinen Ausweis, seine Marke und seine Waffe abgegeben, da klingelte das Tele-fon des Polizeipräsidenten. Dieser hatte ihn in die-sem Moment bereits mit einer abfälligen Handbe-wegung und den Worten »Gehen Sie mir aus den Augen!« aus seinem Büro verwiesen.

»Eines noch«, rief ihm der Polizeipräsident doch noch hinterher, »gibt es inzwischen eine Lösegeldforderung?«

»Nein, und wir gehen auch davon aus, dass jetzt auch keine Lösegeldforderung mehr gestellt wird«

»Sie gehen von nun an von gar nichts mehr aus«, ranzte er ihn an.

Keller ging ohne weiteren Gruß hinaus.

24

Er versuchte immer wieder, ihre Stirn zu kühlen. Sie fing an zu fantasieren und sprach in ihren Fieberträumen von irgendwelchen ›Glubschis‹ und einer ›Hexe Lilli‹.

*

Keller hatte wenig Zeit, sich in Selbstmitleid zu ergehen. Er war für sechzehn Uhr mit Pelzer in Trendelburg verabredet – es war bereits kurz nach drei.

Sie trafen sich an einem neutralen Ort, dem Parkplatz des Edeka Neukaufs. Er hatte sich Herrn Pelzer bereits von Tante Anne beschreiben lassen, doch als der kleine, untersetzte Mann vor ihm stand, sah dieser ganz anders aus, als er ihn sich vorgestellt hatte. Die gekräuselten Haare wehten ihm immer wieder ins Gesicht, das von einem auffallenden Ziegenbärtchen geschmückt war. Er trug eine gut gepflegte Lederjacke und eine schwarze

Stoffhose. Schuhe und Mütze hatten die gleiche Farbe – schwarz.

»Herr Keller?«, fragte der Ziegenbart.

»Ja. Herr Robert Pelzer, geboren am 15. Mai 1989 in Bielefeld, wohnhaft in Trendelburg-Friedrichsfeld?«

Pelzer nickte. »Ja, alles korrekt. Sind Sie etwa ein Bulle?«

»Beamtenbeleidigung, sehr schön.« Keller tat, als notiere er sich etwas.

»Nun machen Sie hier nicht gleich einen auf Lonesome Ranger. Immerhin habe ich mich freiwillig mit Ihnen getroffen, vergessen Sie das nicht.«

Keller hatte eher das Gefühl, sich gleich zu vergessen. Er musste unbedingt sein Temperament zügeln. Er schloss die Augen. Tief einatmen, lang ausatmen. Irgendetwas muss es ja gebracht haben, dass ich alle drei ›Karate-Kid-Filme‹ gesehen habe, dachte er.

Es wirkte. Zumindest für den Augenblick. »Gut. Direkte Frage – direkte Antwort: Haben Sie Frau Annemarie Schönberg achthundert Euro aus ihrer Küchenschublade geklaut?«

Pelzer funkelte ihn an. »Nein. Ich ...«

Keller ließ ihn nicht zu Wort kommen. »Haben Sie jemanden beauftragt, das Geld zu stehlen?«

»Nein, verdammt, darf ich ...«

»Wie haben Sie es dann genommen? Es gibt nur diese beiden Möglichkeiten.«

Endlich hatte Robert Pelzer einmal die Gelegenheit, Keller mit mehr als nur drei Worten zu antworten: »Von der Unschuldsvermutung an sich halten Sie ja wohl nicht so viel, oder täusche ich mich da?«

»Bei Ihnen ist das tatsächlich Zeitverschwendung. Eine alte Frau zu beklauen – wie tief kann man nur sinken!«

Der Ziegenbart erbebte. »Ich war es nicht, verdammt noch mal.«

»Pelzer, ich werde Sie für diesen feigen Diebstahl drankriegen, und wenn es das Letzte ist, was ich jemals tue!«

»Vielleicht ist es in der Tat das Letzte, was Sie als aktiver Polizeibeamter jemals tun werden.«

Ein Mann trat hinter dem Unterstand für die Einkaufswagen hervor und ging auf die beiden Männer zu. »Mein Name ist Pelzer, Gerhardt Pelzer. Ich bin der Vater von Robert, und was Sie sicher noch mehr interessieren wird: Ich bin Anwalt. In dieser Eigenschaft werde ich nun gegen Sie sowohl Anzeige wegen Nötigung erstatten als auch eine Dienstaufsichtsbeschwerde in die Wege leiten. Sie können mir soweit folgen?«

Keller fluchte und trat mit seinem linken Fuß in die Kunststoffverkleidung des Unterstands für die Einkaufswagen, der daraufhin zerbrach. Wortlos ging er zu seinem Auto zurück, ohne sich umzusehen.

»Prima, da käme dann auch noch Sachbeschädigung dazu«, rief Pelzer senior ihm hinterher.

Keller hatte Tränen in den Augen – ob vor Wut oder vor Angst, das konnte er in diesem Moment jedoch nicht sagen. Einerseits fühlte er wegen den Pelzers eine unbändige Wut in seinem Bauch, andererseits wurde ihm langsam, aber sicher bewusst, dass er wohl nicht mehr lange Polizist sein würde – der Suspendierung würde sicher bald die Entlassung folgen.

25

Keller steuerte den Wagen, es ging gegen sieben, in Richtung Karlshafen. Die letzten zwei Stunden war er planlos in der Gegend herumgefahren. Doch würde er sicher nicht beim Polizeiposten vorbeischauen, um sich von seinen Kollegen und seiner Assistentin zu verabschieden.

Nein, Ernst Keller hatte ein anderes Ziel. Er brauchte einen Ort, an den er sich zurückziehen konnte. Also ließ er Hafen und Polizeiposten links liegen und stand wenige Minuten später am Waldrand vor dem Haus seiner Eltern.

Erwin Keller öffnete die Tür und sah seinen Sohn überrascht an. Doch begrüßte er ihn nicht, er ließ die Eingangstür einfach offen stehen und ging zurück ins Wohnzimmer. Schnell wusste Keller junior wieder, warum er nicht gleich bei seinen Eltern Quartier genommen hatte. Aus dem hinteren Teil des Hauses hörte Keller eine Stimme: »Erwin, wer war das?«

Sie bekam keine Antwort – wie so oft.

Keller hatte seinen kleinen Rucksack in den Flur gestellt und war ins Wohnzimmer gegangen. »Hallo, Mama!«

Überrascht sprang seine Mutter auf. »Ernst, was machst du denn hier?« Sie sah ihn an. »Was hast du? Ist irgendetwas nicht in Ordnung?«

Der Kommissar blieb zuerst unschlüssig und still im Wohnzimmer stehen, bevor er antwortete: »Nichts, Mama, es ist nichts.« Er machte eine Pause »Ich brauche nur mal einen Moment meine Ruhe.«

»Ist gut, mein Junge.« Seine Mutter drückte seinen Arm und nickte wissend.

»Hast du etwas dagegen, wenn ich in mein altes Zimmer gehe und mich hinlege?«

»Nein, mach nur. Hast du Hunger, willst du etwas trinken?«

Er winkte ab und nahm seinen Rucksack. »Lass nur, Mama – ich hol mir was, wenn ich Hunger habe.«

Keller hatte gerade die ersten Treppenstufen erklommen, als er hinzufügte: »Noch was, niemand braucht zu wissen, dass ich hier bin. Sag das bitte auch Papa.«

»Mensch, Junge, so habe ich dich ja noch nie erlebt!« Ihre Stimme klang aufrichtig besorgt, und ihre Augen schauten fragend.

Doch Keller antwortete nicht mehr, sondern zog sich in sein altes Zimmer zurück. Er schaute auf die in die Jahre gekommene Stereoanlage und die alten Musikkassetten. In seinem alten Schrank fand er noch die alten, an den Ohrmuscheln total zerfetzen Kopfhörer. Zuerst würde er Engelchen anrufen und sich abmelden. Anschließend, so hatte er sich im Wagen überlegt, würde er das Licht ausmachen, sich auf sein Bett legen und die Augen schließen. Seine Ohren würden leider nicht so viel Glück haben: Sie müssten mit übertriebener Lautstärke das Album ›Time‹ vom Electric Light Orchestra über sich ergehen lassen. Lieber das als eine Flasche Whisky.

Als der wummernde Rhythmus von ›Hold On Tight‹ in seine Gehörgänge dröhnte, öffnete er für einen Moment die Augen. Er sah sein Handy blinken – jemand versuchte, ihn anzurufen. Aus Wut über sich und die Welt hatte er ganz vergessen, Engelchen Bescheid zu sagen. In spätestens zehn Minuten würde seine Mutter reinkommen, um ihm mitzuteilen, dass seine Assistentin angerufen habe. Aber er würde bis dahin das Licht ausgemacht haben und so tun, als schliefe er bereits. So hatte er das früher auch immer gemacht, wenn ihm etwas Unangenehmes bevorstand. Und ebenso wie früher würde es seine Mutter nicht über das Herz bringen, ihn zu wecken. Morgen sah alles sicher viel besser aus.

Doch Kellers Wunsch sollte sich leider nicht erfüllen. Er schlief sehr schlecht. Als er zum wiederholten Male aufwachte, zeigte das Display seines Handys ein Uhr siebenundzwanzig. Er rappelte sich auf und ging langsam nach unten. Im Wohnzimmer brannte noch Licht, und Keller wollte in alter Gewohnheit schauen, ob alles in Ordnung war. Aber wie erwartet saß sein Vater Erwin vor dem Fernseher und schlief. Der Fernseher zeigte mittlerweile ›Astro TV‹. Eine in bunte, weite Kleider gehüllte Frau mit einem hellblauen Stirnband versuchte in diesem Moment, im Auftrag eines Anrufers Kontakt mit einer Verwandten im Jenseits aufzunehmen. Keller schaltete auf einen Teleshoppingsender und sah sich die Verkaufsbemühungen der beiden korpulenten und aufgetakelten Weiber an, die billigen Modeschmuck teuer an die Frau bringen wollten. Nach einer Dreiviertelstunde, in der sein Vater kein einziges Mal aufgewacht war, wurde ihm das Nachtprogramm zu blöd, sodass er sich wieder die Treppe hoch ins Bett quälte. Inzwischen war es bereits fast halb drei.

Um acht Uhr klopfte es an der Tür – Keller vermutete, dass seine Mutter ihn zum Frühstück wecken wollte.

Doch als er in seiner alten Jogginghose und einem schlabbrigen Sweatshirt langsam die Treppe hinunterschlurfte, hörte er, dass sie sich mit zwei anderen Personen unterhielt. Sein Vater konnte es nicht sein – der alte Stoffel würde sicherlich kein Wort mit Nachbarn oder Gästen wechseln. Außerdem würde ihn auch an seiner Stimme erkennen. Vermutlich saß der Pensionär längst wieder an der Weser und badete seine Regenwürmer. Eine der Stimmen kam ihm bekannt vor, und plötzlich wurde ihm klar, wer da bei seinen Eltern in der Küche saß. Aber da gab es schon längst kein Zurück mehr.

26

Der Fieberkrampf wurde stärker, ihr kleines Köpfchen fing an zu glühen. Auf einmal begannen auch noch die Muskeln am ganzen Körper rhythmisch zu zucken.

Jetzt bekam er wirklich Angst. Aber er machte sich auch wirklich Sorgen! In diesem Moment wurde ihm jedoch auch klar, dass er niemals Lösegeld für das Mädchen verlangen würde.

*

Engelchen stand von der hölzernen Küchenbank auf, als Keller den Raum betrat. Eine ihm unbekannte Frau in seinem Alter saß ebenfalls am Küchentisch und trank Kaffee aus Kellers Lieblingstasse. Sie war großgewachsen und hatte bemerkenswerte blaue Augen, die alles zu durchdringen schienen. Die Ränder darunter wiesen jedoch darauf hin, dass sie in den letzten Tagen wenig geschlafen hatte. Nervös spielte sie mit ihrer Tasse.

Engelchen ergriff das Wort. »Ihr kennt euch vermutlich noch nicht: Das ist Vera Schrick, Selmas Mutter, der elegant gekleidete Herr ist Kriminaloberkommissar Ernst Keller.«

Selmas Mutter stand auf und streckte Keller die Hand entgegen, der verlegen dreinschaute und seine Jogginghose glattstrich. »Freut mich, Sie kennenzulernen«, sagte er. »Obwohl Sie mir und den Kollegen in den letzten Tagen ziemlich zu schaffen gemacht haben. Das mit Selma tut mir leid, ich habe alles versucht, was in meiner Macht stand. Daher ist das mit dem ›Kriminaloberkommissar‹ inzwischen auch vorbei. Ich wurde gestern vom Polizeipräsidenten suspendiert und warte eigentlich nur noch auf meine offizielle Entlassung. Anschließend habe ich mich vermutlich auch noch vor Gericht zu verantworten.«

Kellers Mutter brach in Tränen aus. »Junge, was ist passiert? Und warum hast du uns nichts erzählt?«

»Tut mir leid, Mama, ich konnte es nicht – noch nicht.«

Kellers Blick fiel auf den Stoffbeutel mitten auf dem Küchentisch. »Was ist da drin?«

»Immer noch der neugierige Kriminologe«, antwortete Engelchen. »Aber schau doch selbst nach.«

»Das gibt es doch gar nicht«, sagte er, nachdem er den Beutel umständlich durchsucht hatte. Er legte die Gegenstände auf den Tisch: Dienstmarke, Ausweis, Waffe und zwei Magazine.

»Nimm sofort die Pistole von meinem Küchentisch – wenn die losgeht!« Frau Keller wich erschrocken einen Meter zurück.

»Keine Angst, die Magazine sind ja nicht eingesetzt.« Er starrte Engelchen an. »Wie hast du das gemacht?«

Seine Assistentin fing zu erzählen: vom Telefonat mit Vera Schrick, dem Artikel in der aktuellen HNA mit dem Titel ›Engagierter Ermittler geschasst‹ und den zahlreichen Anrufen, die der Polizeipräsident seit dem vergangenen Abend erhalten hatte.

Der zuständige Landtagsabgeordnete, der Regierungspräsident, der Landrat und sogar einige Bürgermeister der umliegenden Gemeinden hatten den Polizeipräsidenten kontaktiert. Alle hatten sie die Bitte, er solle seinen Entschluss bezüglich Keller überdenken.

»Du hast eine Gnadenfrist – bis der Fall gelöst ist«, resümierte Engelchen.

Keller sah sie nicht ohne Bewunderung an. Seine Assistentin hörte nicht auf, ihn zu überraschen.

»Danke, das hast du toll hingekriegt.«

»Das war ich nicht allein. Wenn Vera nicht mit der Presse und ihrem persönlichen Freund, dem Innenminister, gesprochen hätte, hättest du die Gnadenfrist nicht bekommen. Alle haben argumentiert, dass du als der leitende Ermittler für den Fall unverzichtbar bist. Mit dem Hinweis, dass man dich danach immer noch rausschmeißen kann, hat der Polizeipräsident schließlich eingewilligt und seine Entscheidung vorläufig widerrufen.«

»Danke, Engelchen. Danke, Frau Schrick.«

»Gerne. Riekeln Sie aber jetzt nicht herum, finden Sie Selma!« Es war Frau Schricks erster Wortbeitrag, seitdem der Kommissar in die Küche gekommen war.

In diesem Moment klingelte Engelchens Mobiltelefon.

27

»Ernst, kann ich dich mal kurz sprechen?«

»Ja, natürlich. Gehen wir ins Wohnzimmer.«

Engelchen schloss die Tür hinter sich, damit die anderen sie nicht hören konnten.

»Was ist denn los – und warum so geheimnisvoll?«, fragte Keller neugierig.

»Wir müssen zum alten Karlshafener Bootshafen, man hat eine Mädchenleiche gefunden.«

Keller zuckte zusammen. »Was?« Bitte nicht!, dachte er. Bitte nicht!

»Ja, du hast mich leider schon richtig verstanden«, sagte seine Assistentin leise, und gemeinsam gingen sie in die Küche zurück. Inzwischen war Erwin Keller von seinem Angelausflug zurückgekehrt. Sein Sohn bemerkte dessen Verwunderung – sicher ob der vielen Menschen in seiner Küche.

Alle blickten erwartungsvoll auf Keller junior und Engelchen.

»Wir müssen mal kurz weg, sind aber in einer halben Stunde wieder hier«, sprach der Kommissar in die Stille hinein und hoffte, mit dieser Aussage ein wenig die Spannung mildern zu können, die im Raum hing. An Selmas Mutter gewandt ergänzte er: »Frau Schrick, Sie können natürlich solange hier bleiben. Meine Mutter kocht Ihnen sicher gerne noch einen Kaffee.«

Doch leider reagierte sie nicht so, wie es sich Keller und Engelchen von ihr erhofft hatten.

Frau Schrick sah den Kommissar unverwandt an.

»Sie haben Selma gefunden. Wo ist sie, wie geht es meiner kleinen Itsche?«

»Wir wissen es selber noch nicht, ob es Selma ist. Das Beste ist, wenn Sie hier auf uns warten.«

»Sie sollten mich nicht anlügen.« Kaum hatte Selmas Mutter diesen Satz ausgesprochen, brach sie zusammen, und nur dank Kellers Mutter, die sofort reagierte und mit all der Kraft, die sie in ihrem Alter aufbringen konnte, ihren Körper stützte, schlug sie nicht auf dem harten Küchenboden auf. Nach wenigen Sekunden der Ohnmacht öffnete Frau Schrick die Augen und versuchte, wieder die Gewalt über die eigenen Beine zu erlangen, sank jedoch sofort erneut in sich zusammen. Gemeinsam bugsierten sie Selmas Mutter auf einen Stuhl.

Jetzt war es Erwin Keller, der sich zur Überraschung aller in das Gespräch einmischte. »Kommen Sie, Frau Schrick. Sie haben so einen Dadderich, da trinken wir beiden jetzt erst einmal ein Likörchen. Ich habe da noch eine Flasche ›Old Krupnik‹ aus Polen, die wollte ich schon lange einmal auf machen.«

»Aber ich kann Selma doch nicht bambeln lassen ...«, protestierte sie schwach. »Sie braucht mich doch. Und ich muss doch wissen, wie es ihr geht!«

»Ich weiß, Sie wollen dabei sein und helfen, aber in Ihrem derzeitigen Zustand kommen Sie ja noch nicht mal bis zur Haustür. Lassen Sie das mal die Professionellen machen.«

Keller war ganz überrascht, über wie viel Einfühlungsvermögen und gesunden Menschenverstand sein Vater verfügte. Daher sagte er etwas, das schon lange nicht mehr aus seinem Mund gekommen war: »Danke, Papa.«

Keller legte Engelchen seine Hand auf die Schulter. »Ich geh mich mal eben umziehen.«

Wieder war diese um eine dumme Antwort nicht verlegen: »Gute Idee, sonst denkt noch jemand, wir kommen von SAT.1«

Sie hatten den alten Bootshafen in Karlshafen noch nicht ganz erreicht, da sahen sie schon die weiße Plastikplane liegen, die den Körper eines kleinen Mädchens abdeckte.

Beide näherten sich Dr. Kern, der neben der Plane stand und die Augen aufriss, als er Keller näher kommen sah. Dem Kommissar war klar, dass sich sein Verhalten inzwischen bei allen Kollegen herumgesprochen haben musste.

»Morgen Doc, können Sie schon etwas sagen?« Er schaute an dem Mediziner vorbei und betrachtete die Abdeckfolie.

Doktor Kern begrüßte ihn auf seine Weise: »Der Mann, der gleichzeitig Robin Hood und der Sheriff von Nottingham sein kann – Respekt. Und Gratulation zur Wiedereinsetzung!«

Keller ging über den Sarkasmus hinweg. »Danke«, antwortete er gleichgültig. »Und?«

»Ein Mädchen, zirka sechs Jahre, blond, blaue Augen, Jeans und Harry-Potter-T-Shirt. Vollständig bekleidet und daher vermutlich auch kein sexueller Missbrauch. Das Mädchen ist wahrscheinlich von Oedelsheim hierher getrieben worden, das zeigen die Veränderungen des Körpers durch den Aufenthalt im Wasser. Der Todeszeitpunkt ist aller Voraussicht nach mit dem Fall ins Wasser identisch. Das müssen wir aber noch bestätigen lassen.«

»Aber dann ...«, begann Keller.

»... ist das sicher nicht die Leiche von Selma Schrick«, vollendete Engelchen.

»Leider müssen wir hier ganz sicher gehen und eine Identifizierung vornehmen.«

»Ernst, willst du das Vera wirklich antun?«

»Uns bleibt ja gar keine andere Wahl.« Dann ergänzte er: »Sag mal, du duzt dich aber auch mit jedem?«

»Zufall – sie hat es mir angeboten. Schließlich geht es bei uns um den gleichen Kerl.«

»Selbsthilfegruppe?«

Sie verzog das Gesicht. »Haha, sehr witzig. Wie machen wir es nun?«

»Die Konfrontation mit einem toten Mädchen in Selmas Alter wird sehr hart für sie werden. Wir können nur alles auf eine Karte setzen und sie mit dem glücklichen Gefühl entlassen, dass es nicht Selma ist.«

»Und wenn sie es doch ist, rein hypothetisch?«

Keller schüttelte den Kopf. »Ausgeschlossen, sie konnte die Kleidung nicht gewechselt haben. Es sei denn, der Täter hätte inzwischen ein paar Ersatzklamotten für das Mädchen besorgt. Aber das glaube ich nicht. Er hätte sie ja dann allein lassen müssen. Vor allem hätte er sich in der Öffentlichkeit zeigen müssen.«

Engelchen warf einen traurigen Blick auf die Plane. »Dafür werden bald andere Eltern um ihr Kind trauern, Die Eltern von Selma Eltern haben nun ja wenigstens noch Hoffnung, dass ihr Kind noch lebt.«

»So schlimm es in dieser Situation klingt, aber da hast du recht. Apropos, wie geht es eigentlich ›Holgi‹?«, fragte er dann.

»Besser. Er ist zwar noch nicht aus dem künstlichen Koma erwacht, doch ist er wenigstens nicht mehr in unmittelbarer Lebensgefahr.«

»Jemand sollte bei ihm sein, wenn er aufwacht.«

»Ernst Keller, woher kommt auf einmal das Mitgefühl für den ›Pressefritzen‹ und ehemaligen Intimfeind?«, fragte Engelchen verwundert.

Er zuckte mit den Schultern. »Das weiß ich nicht. Es ist mir aber auch egal.«

»Da könnte ja doch noch ein Mensch aus dir werden, Ernst.«

Sie hatten das Auto erreicht und setzten sich in Richtung von Ernst Kellers Elternhaus in Bewegung. Ihnen war bewusst, dass das, was nun vor ihnen lag, nicht einfach werden würde.

Als sie wieder in die Küche traten, fanden sie erstaunlicherweise eine recht gefasst wirkende Vera Schrick vor. Sie stand vermutlich unter Schock. Für sie mochte es sich anfühlen, wie zu einer Hinrichtung geführt zu werden. Ohne sich etwas anmerken zu lassen, verließ sie mit Keller und seiner Assistentin das Haus und stieg in das Auto.

Am Fundort war es dann mit ihrer Fassung vorbei; Keller und Engelchen mussten sie stützen, damit sie den Ort, wo das kleine Mädchen aufgebahrt lag, erreichen konnte.

Keller hielt die Plane ein wenig zur Seite, sodass

Vera Schrick das Gesicht des Mädchens erkennen konnte.

Der Ausdruck in ihrem Gesicht änderte sich schlagartig, und plötzlich richtete sie sich wieder auf. »Oh, mein Gott, das ist ja gar nicht Selma!«, sagte sie mit fester Stimme.

Keller sah sie an, einen Zipfel der Plane immer noch in der Hand haltend. »Sind Sie sich da ganz sicher? Sie wissen, dass ich Sie das fragen muss.«

»Nein, dieses Mädel ist nicht meine Tochter.«

»Danke, Frau Schrick. Der Kollege wird Sie dann nach Hause fahren.« Der Kommissar warf Jensen, der neben ihnen stand, einen Blick zu, der besagte, dass er vorsichtig mit der Frau umgehen solle.

Polizeioberkommissar Jensen reichte ihr den Arm, den sie gerne ergriff. Der Schock, der ihr vor einer Minute noch ins Gesicht geschrieben stand, wich plötzlich einem Ausdruck unbändiger Erleichterung. »Es ist nicht Selma! Selma muss noch leben. Selma lebt. Selma ist nicht tot.«

Keller war über den plötzlichen Wechsel der Gefühlsausbrüche erstaunt, begriff aber, dass das wohl ihre Art war, mit der schwierigen Situation irgendwie klarzukommen.

Frau Schrick, die sich bereits mit Jensen einige Meter vom Tatort entfernt hatte, blieb plötzlich stehen. »Warten Sie noch«, sagte sie zu dem Beamten und wandte sich Engelchen zu. »Herta, wollen wir gemeinsam zu Holger fahren und an seinem Bett sitzen, wenn er wieder zu sich kommt?«

Engelchen war sprachlos. »Ist das dein Ernst?«

Ihr standen die Tränen in den Augen, wieder schniefte sie.

»Ja, wenn ich es dir doch sage. Ich finde, wir sollten das gemeinsam tun.«

»Danke.« Sie griff Veras Arm und drückte ihn.

»Ich rufe dich an, schließlich bin ich immer noch seine Frau. Und noch was.«

»Was denn, Vera?«

»Werd jetzt ja nicht zur Flenn-Else, es reicht, wenn ich heule.«

Keller konnte über so viel weibliche Solidarität nur verblüfft sein. Was es nicht alles gibt, dachte er mit einem Grinsen im Gesicht.

28

Er musste etwas tun. Wollte er das Mädchen retten, so musste er sich stellen.

*

Den Rest des Tages waren sie damit beschäftigt, die Identität des toten Mädchens aufzuklären. Neben der eigentlichen Ermittlungsarbeit bestand eine weitere Hauptaufgabe darin, sich die Boulevardpresse vom Leibe zu halten. Wenn die Polizisten an den folgenden Tag dachten, wurde ihnen unwohl. Sie wussten nicht, welches Foto mit einer aus dem Zusammenhang gerissenen Überschrift als Nächstes in den Blättern erscheinen würde.

Nachdem sie zum wiederholten Mal die auch um das alte Landgraf-Carl-Gebäude schleichenden Paparazzi verscheucht hatten, gingen sie wieder ihrer eigentlichen Ermittlungsarbeit nach. Sie durchforschten den Computer nach Vermisstenanzeigen aus Oedelsheim und Umgebung – leider überall Fehlanzeige.

»Und wenn sich der Doc irrt, und das Mädchen ist in Reinhardshagen oder Gewissenruh in die Weser gefallen?«, begann Keller die Diskussion.

»Das können wir leider nicht ausschließen. Aber üblicherweise können wir uns auf die Angaben des Doktors verlassen.« Seine Assistentin war sich ihrer Sache sicher.

Keller dachte laut nach: »Wir brauchen eine Namensliste aller Mädchen von vier bis sieben Jahren in der Gemeinde Oberweser. Am besten fahren wir dort vorbei, die Gemeindeverwaltung in Gieselwerder hat ja noch offen. Ruf kurz dort an, und sag denen, dass wir kommen.«

»Ja, mach ich. Ein Gedanke: Es könnte natürlich auch ein ortsfremdes Kind sein, das in den Pfingstferien dort im Urlaub war.«

»Aber auch dieses Kind würde irgendjemand vermissen!«

Engelchen nickte zustimmend. »Da hast du recht, Ernst.«

In diesem Augenblick klingelte Kellers Mobiltelefon und dudelte zum Leidwesen des Kommissars mal wieder ›Lady In Red‹. Bisher hatte Keller es nicht geschafft, den Klingelton wieder zu ändern – so musste er vorerst damit leben.

»Keller hier.«

»Hier Oberstaatsanwalt Dr. Herbst«, tönte es ihm entgehen. »Keller, was machen Sie gerade?«

»Wir sind auf dem Weg nach Gieselwerder, um die Identität des toten Mädchens in Erfahrung zu bringen.« Keller wunderte sich. Was wollte der Typ jetzt schon wieder von ihm?

»Wenn ich richtig informiert bin, so handelt es sich bei dem Mädchen doch um kein Gewaltverbrechen, sondern mit hoher Wahrscheinlichkeit um einen tragischen Unfall. Richtig?«

Der Kommissar ärgerte sich erneut, dass Herbst ihm ständig in seine Angelegenheiten hineingrätschte, antwortete aber betont freundlich: »Ja, davon gehen wir aus.«

»Dann überlassen Sie den Fall den Kollegen von der Schutzpolizei, die sollen sich darum kümmern. Sie finden jetzt Sebald und das andere Mädchen!«

Jawoll, mein Führer!, dachte Keller bei sich. Laut erwiderte er: »Gut, ich weise Kneipp in den bisherigen Stand der Ermittlungen ein.«

»Gut. Und, Keller ...«

»Ja, Herr Staatsanwalt?« Wie immer ließ er das ›Ober‹ geflissentlich weg.

Dr. Herbst fügte ein wenig tonlos hinzu: »Machen Sie schnell, die Presse setzt uns ordentlich unter Druck.« Vielleicht war ihm die Unterschlagung seines vollen Titels doch aufgefallen.

Engelchen schaute Keller erwartungsvoll an.

»Planänderung«, sagte der. »Schicken Sie bitte Kneipp nach Gieselwerder, wir suchen weiter nach Selma. Befehl der obersten Heeresleitung.«

»Wird erledigt.« Engelchen ging zu Kneipps Schreibtisch und informierte ihn über sein künftiges Wirkungsfeld. Seine Entrüstung darüber konnte man ihm ansehen, auch hinaus machte er seinem Ärger lautstark Luft.

»Kann man nicht einmal an einer Sache dranbleiben? Aber gut, schickt den ›Dorfbullen‹ ruhig in die Walachei, mit ihm kann man's ja machen.«

Keller klopfte ihm beruhigend auf die Schulter. »Keine Angst, Kneipp«, tröstete er seinen Kollegen, »so wie ich die Sache sehe, sind Sie schneller wieder bei uns, als Sie es sich jetzt denken.«

»Ich nehm Sie beim Wort, Herr Kommissar. Ich bin mit meinen Recherchen zu Sebalds Bruder Stefan fast fertig; das Dossier liegt im Ordner ›Verdächtige‹, Sie müssen es nur noch ausdrucken. Sie werden interessante Informationen vorfinden.«

»Jetzt machen Sie es nicht so spannend, was haben Sie gefunden?«

»Tut mir leid, das ist im Augenblick nicht mehr meine Baustelle. Schauen Sie doch bitte selbst.«

Keller merkte, dass Kneipp sich nicht erweichen ließ. »Danke trotzdem ... und viel Erfolg in Oberweser.«

Er drehte sich um. »Engelchen, können Sie sich die Sachen bitte einmal durchlesen, ich will nochmal im Klinikum anrufen und in Erfahrung bringen, wie es unserem ›Kasseler Patienten‹ geht. Besprechung in einer Stunde.« Er legte die Hände um seinen Mund, um ein Megaphon zu imitieren: »Das gilt für alle hier – Besprechung in einer Stunde.«

138

29

Siebzig Minuten später saßen alle in der Besprechungsecke des Polizeipostens Bad Karlshafen. Sie warteten auf Kriminaloberkommissar Ernst Keller. Dieser kam weitere fünf Minuten völlig außer Atem, mit der aktuellen Tageszeitung in der Hand, die Treppe hoch. »Es tut mir leid, ich bin gerade den beiden holländischen Touristen in die Arme gelaufen, die uns mit dem silbernen Ford Focus geholfen haben.«

Er setzte sich an den Kopf des Besprechungstisches, griff zur Kaffeekanne und goss sich den letzten Rest Kaffee ein. »Frau Engel, bitte.«

»Ja, ich habe in der Tat interessante Neuigkeiten: Dank eines Dossiers, das Herr Kneipp freundlicherweise zusammengetragen hat – bevor er zu unser aller Ärger abkommandiert wurde –, wissen wir jetzt ziemlich genau, mit wem wir es zu tun haben.«

Die Spannung im Raum wurde in diesem Moment fühlbar.

»Stefan Sebald wurde am 25. August 1990 in Offenbach geboren und hat dort auch seine Kindheit und Jugend verbracht. Er hat eine Berufsausbildung zum Radio-Fernsehtechniker angefangen und nach einem Jahr abgebrochen. Man konnte ihm den Diebstahl aus der Ladenkasse nie nachweisen, doch war für den Ausbildungsbetrieb das nötige Vertrauen zerstört. Trotz dieser schlechten Referenz fand er schnell wieder eine andere Lehrstelle

– bei der Firma Elektro-Fischer, ebenfalls in Offenbach.«

Engelchen machte eine Pause, trank einen Schluck Wasser, dann fuhr sie fort.

»Jetzt beginnt es, interessant zu werden! Im dritten Lehrjahr kommt er zunehmend mit dem Gesetz in Konflikt: Ladendiebstahl – seiner Aussage nach nur eine Mutprobe, Klau eines Blumenkübels – ein ›Muttertagsgeschenk‹, dann wieder Ladendiebstahl. Und immer mit dabei: sein kleiner Bruder Bernd. Bei einem Einbruch in einen Juwelierladen in Frankfurt am Main standen die beiden unter dringendem Tatverdacht, die Tat konnte ihnen aber nie nachgewiesen werden. Dann rief der Staat nach Stefan Sebald. Da er nicht zur Bundeswehr wollte, verweigerte er den Kriegsdienst. Die Begründung wurde akzeptiert, er wurde zum Zivildienst eingezogen. Und nun ratet einmal, wo er seinen Zivildienst abgeleistet hat?«

Schweigen. Ratlose Gesichter.

»Hier in der ehemaligen Jugendherberge ›Hermann Wenning‹ in der Winnefelder Straße 7. Die Dienstzeit betrug neun Monate, nur kurze Zeit später hätte er gar keinen Zivildienst mehr ableisten müssen. Aufgrund seines Aufenthalts in Bad Karlshafen müssen wir davon ausgehen, dass er sich hier recht gut auskennt.«

»Mist«, entfuhr es Keller. »Bestimmt kennt er ein Versteck hier im Ort, auf das wir im Leben nicht kommen.« Er überlegte. »Gut, wir brauchen seine Kontakte – Kollegen, Herbergseltern, und so weiter, und so weiter.«

»Das ist gar nicht so einfach«, hörten sie plötzlich jemanden von hinten rufen. »Die Jugendherberge ist seit einigen Jahren geschlossen, die verwitwete Herbergsmutter verstorben, und die Zivildienstkameraden sind nicht so einfach zu ermitteln.«

Sie hatten die Tür nicht gehört.

Keller drehte sich um. »Kneipp«, sagte er erstaunt. »Das ging aber wirklich schnell. Und genau im richtigen Augenblick. Haben Sie alles erledigen können – und was noch viel wichtiger ist, stehen Sie uns nun wieder uneingeschränkt zur Verfügung?«

»Zweimal ja: Der Todesfall ist geklärt – das kleine Mädchen kommt aus Gieselwerder und sollte eigentlich bei seinen Großeltern in Göttingen sein, ist aber lieber zu seiner Freundin nach Oedelsheim gefahren. Die Eltern haben sie in Göttingen gewähnt, die Großeltern hatten die Termine durcheinandergebracht und sie erst einen Tag später bei sich erwartet. Unglückliche Zufälle.«

»In der Tat«, bemerkte Keller und kam gleich wieder auf den Fall Sebald zurück. »Sie kennen die Situation hier vor Ort besser als ich, was schlagen Sie vor?«

»Zunächst die sofortige Durchsuchung der Jugendherberge. Parallel dazu Kontaktaufnahme mit den Kindern der Herbergsmutter.« Kneipp überlegte und fuhr dann fort: »Eine Anfrage beim Nachfolger des Bundesamtes für Zivildienst. Sie sollen uns sagen, wer damals mit Sebald zusammen seinen Dienst abgeleistet hat. Dann noch eine Anfrage

141

beim Jugendherbergsverband, wer zu dieser Zeit noch dort beschäftigt war – Küchen- und Haushaltfachkräfte beispielsweise.«

Keller war seine Zufriedenheit anzusehen. »Gut, ich hab nur eine Frage: Sind in Jugendherbergen nicht immer Herbergseltern, also Mann und Frau?«

»Üblicherweise schon. Doch in diesem Fall war der Mann gestorben. Frau Schmäher konnte den Jugendherbergsverband davon überzeugen, dass sie die Juhe auch gut alleine führen könnte. Sie hatte immer eine Küchen- und Haushaltsfachkraft als Mitarbeiterin und eben Zivis – als Jungens für alles.«

»Gut, Kollege Kneipp. Ich brauche Sie nachher vor Ort. Daher wird Engelchen sich um die Zivis kümmern, Anton Berg sucht die Kinder ...«

»Ein Sohn, eine Tochter«, warf Engelchen ein.

»... und Martin Jensen fragt beim Jugendherbergsverband nach, wer dort noch beschäftigt war und ob es irgendwelche Unregelmäßigkeiten während Sebalds Dienstzeit gab. Vielleicht war ihm der Sold zu gering, und er hat Möglichkeiten der Aufstockung gesucht.«

Er schaute noch einmal zu Engelchen hinüber. »Das gilt übrigens auch für Ihre Anfrage beim ehemaligen Bundesamt für Zivildienst. Vielleicht gab es ja Beschwerden der Herbergsmutter?«

»Das ist gemein!« Die Enttäuschung sprach deutlich aus ihrer Stimme. »Ich wäre gerne bei Selmas Befreiung dabei gewesen.«

30

Die letzte Nacht hatte sie unruhig, aber ohne Unterbrechung geschlafen. Es schien wieder etwas besser zu werden. Mit einem nassen Lappen befeuchtete er ihre rauen Lippen.

*

Die Einsatzkräfte hatten sich bereits postiert, als Keller seine Waffe zog und sich vorsichtig zum Haupteingang begab. Das Haus war komplett umstellt, der Zugriff sollte in vier Gruppen erfolgen: Die erste Gruppe mit Keller an der Spitze würde den unteren Eingang nehmen und die Kellerräume durchsuchen. Gruppe 2 mit Kneipp stand am oberen Eingang bereit, um die Zimmer und die Tagesräume zu durchkämmen. Gruppe 3 war für die ehemalige Privatwohnung der Herbergsmutter und die Unterkünfte der Zivis zuständig, Gruppe 4 für das nicht zum Hauptgebäude gehörende Holzhaus und das recht übersichtliche Gelände. Der Zugriff sollte synchron erfolgen, daher auch die hohe Zahl an Einsatzkräften. Aufbrechen musste man nichts oder nur wenig, der Bürgermeister hatte für Notfälle einen Zweitsatz an Schlüsseln für die wichtigsten Türen. Lediglich die Bürotür neben den Tagesräumen würde man gewaltsam öffnen müssen, um so schnell an die übrigen Zimmerschlüssel zu gelangen.

Als das Signal kam, ging alles sehr zügig: In weniger als fünfzehn Minuten waren alle Räume des Gebäudes durchsucht und das Nebengebäude gestürmt worden. Nach weiteren fünf Minuten traf sich Keller mit den Gruppenführern in Tagesraum 3. Die anderen Beamten warteten draußen und rauchten oder unterhielten sich.

Keller räusperte sich, dann fragte er die Gruppenführer: »Haben Sie irgendetwas entdeckt?«

Alle schüttelten die Köpfe. Von hinten hob sich eine Hand.

Er fragte noch einmal: »Ist Ihnen irgendetwas aufgefallen? Haben Sie vielleicht etwas gefunden, was einem Kind gehören könnte?«

Die gleiche Reaktion. Die Hand war noch immer oben. Jetzt sah Keller den Beamten. »Ja – Sie.«

»Das Küchenfenster im Lichtschacht war nur angelehnt. Da könnte jemand eingedrungen sein.«

Das war wirklich eine wichtige Information. »Gibt es Einbruchsspuren?«, fragte der Kommissar nach.

»Ja, das Fenster wurde vermutlich mit einem großen Schraubenzieher oder einem Brecheisen aufgehebelt.«

Keller überlegte und schloss dabei kurz die Augen. Als er sie wieder öffnete, richtete er das Wort an die wartenden Beamten.

»Ich möchte, dass Sie jetzt sofort noch einmal durch das Haus gehen und es ganz genau daraufhin untersuchen, ob Sebald und das Mädchen hier waren. Ein Spielzeug vielleicht, eine Haarspange oder ein Strumpf. Drehen Sie alles um. Übersehen Sie nichts.«

144

Nun ergriff Martin Schirmer das Wort, der als Leiter der Einsatzgruppe bereits Bernd Sebald festgenommen hatte. »Sie wissen, Herr Kommissar, dass das nicht unsere Aufgabe ist. Wir haben strikte Anweisung, sofort nach Beendigung des Einsatzes in unsere Einsatzzentrale nach Kassel zurückzukehren.«

Keller rieb sich die Schläfe und dachte nach. »Gut, dann machen wir es anders. Hier ist eingebrochen worden. Es ist nicht auszuschließen, dass Sebald und das Mädchen sich hier aufgehalten haben.« Er machte eine seiner typischen dramatischen Pausen, dann fuhr er fort: »Ich sehe hier Gefahr im Verzug – jede noch so kleine Spur kann uns weiterhelfen.«

Schirmer gab sich geschlagen. »Die Gruppen 2 bis 4 ziehen ab, Gruppe 1 sucht unter Kommissar Kellers Leitung noch einmal alle Zimmer und Kellerräume ab. Anschließend kehren Sie umgehend nach Kassel zurück.« Er versäumte nicht, das ›umgehend‹ besonders zu betonen.

Er nahm den Großteil der schwerbewaffneten Männer mit sich, fünf Männer blieben zurück und warteten auf Kellers Anweisungen.

Keller begann, die Männer einzuteilen. »Kneipp, Sie nehmen einen Mann und gehen ins Holzhaus.« Als Kneipp losging, wandte er sich an die Gruppe links und dirigierte weiter: »Sie nehmen die Kellerräume, Sie die Wohnräume, Sie den ersten Stock, Sie den zweiten Stock. Ich gehe ins Erdgeschoss und schaue noch einmal in den Werkzeugraum.«

Die Männer wollten schon los, da fiel Keller noch etwas ein. »Wir treffen uns in einer Viertelstunde wieder hier. Und geben Sie mir sofort über Funk Nachricht, wenn Sie etwas gefunden haben«, schob er hinterher.

Die Männer nickten und gingen zu ihren Einsatzorten.

Keller nahm sich zunächst die vier Tagesräume vor. Alles wirkte sehr kahl – natürlich standen die Tische und die Stühle noch da –, sogar das Klavier hatte man stehen lassen.

Keller öffnete den schweren Deckel. Zu gerne hätte er etwas auf dem Klavier herumgeklimpert, doch wäre das in diesem Moment unpassend gewesen. Er öffnete auch die obere Abdeckung und schaute hinein. Es war relativ unwahrscheinlich, dass er dort etwas finden würde, aber man sollte ihm ja nicht nachsagen können, er hätte nicht gründlich gesucht.

Nur so aus Neugier betätigte er den Lichtschalter, und nach ein paar flackernden Zuckungen tat die Lampe tatsächlich ihren Dienst. Plötzlich hatte er eine Idee, doch zunächst ging er in den Büroraum neben der Treppe. Hier mussten sich früher die Wanderer, Gruppen und Radfahrer angemeldet haben. Heute standen nur noch ein Schreibtisch, ein Bürostuhl und ein Schrank in dem Zimmer. An der Wand hing noch das Bild eines Keller nicht bekannten Mannes. »Vielleicht ist das ja der berühmt-berüchtigte Hermann Wenning?«, sagte er halblaut zu sich. Schließlich war dieser der Namensgeber der Herberge. Er näherte sich dem Foto und suchte, konnte aber keinen Namen entdecken. Keller drehte das Bild um und staunte nicht schlecht: Irgendjemand hatte ›Unser Herbergsarsch‹ mit Filzstift auf die Rückseite geschrieben. Sicher der Streich irgendeines unreifen Zivildienstleistenden, dachte sich Keller und hängte das Bild wieder an seine Stelle.

Er wollte gerade in Richtung Küche gehen, da kam auch schon einer der Männer des Einsatzkommandos auf ihn zu.

»Der zweite Stock ist sauber – keine Gegenstände, die auf den Entführer oder das Kind hinweisen würden.«

»Danke. Küche oder Werkzeugkeller?«

»Bitte?« Der Mann sah ihn mit großen Auugen an.

»Wenn Sie schon mal da sind, können Sie mir auch helfen! Dann sind wir alle schneller fertig. Also, möchten Sie lieber Küche und Aufenthaltsraum filzen oder sich in den kleinen Werkzeugkeller begeben?«, führte Keller nochmals aus, und der Gesichtsausdruck des Mannes sagte ihm, dass dieser die Anweisung jetzt verstanden hatte.

»Ich gehe lieber in den Keller«, sagte er. »Klingt irgendwie interessanter.«

»Hätte ich an Ihrer Stelle auch gemacht. Ich muss noch in die Spülküche und zudem alle Schränke und Schubladen aufmachen.« Der Mann wollte gerade gehen, da fiel dem Kommissar noch etwas ein. »Und schauen Sie bitte auch in die Garage, die hätten wir fast vergessen. Hier ist der Schlüssel.«

Der Beamte fing den zugeworfenen Schlüssel auf und hob die Hand als Zeichen, dass er die Anweisung befolgen würde.

Die Tür zur Spülküche war verschlossen, doch konnte man auch durch die Küche dorthin gelangen. Keller betrachtete die riesige Spülmaschine und die vielen Schränke und öffnete einen nach dem anderen. Das Geschirr war immer noch vollständig vorhanden, einhundertzwanzig komplette Sätze, schätzte Keller, mussten hier gelagert sein.

Es hätte ihn sehr überrascht, hätte er in diesem Raum eine Kindersocke oder eine Haarspange gefunden. Das Gleiche galt prinzipiell für die große Küche. Doch aufgrund des offenen Fensters hoffte er, Spuren eines Einbruchs zu finden: Zersplittertes Holz, Fußspuren oder eine zweite Haarschleife – doch da war nichts, gar nichts! Das Gleiche im Aufenthaltsraum: Keller ging auf die Knie und schaute unter den Schrank und die Holzbank, in den letzten Winkel – nichts! Er ging in den Flur, wo er bereits auf den Kollegen traf, der für das Wohnhaus der Herbergsmutter zuständig war. Doch war dieser längst noch nicht fertig. Er hatte gerade einmal die Räume untersucht, die sich auf der Ebene von Küche und Aufenthaltsraum befanden. In dem Moment, als dieser die Treppe hinaufsteigen wollte, kam der Polizist aus dem Werkzeugkeller durch die separate Eingangstür. Keller bat ihn, seinem Kollegen zu helfen. Gemeinsam gingen die beiden die mit Teppich verkleidete Treppe hinauf.

Wie verabredet kamen alle nach gut fünfzehn

Minuten wieder im Tagesraum 3 zusammen. Und wie man es befürchtet hatte, war kein weiterer Hinweis gefunden worden. Keller brachte die fünf Beamten an die untere Eingangstür, um sich von ihnen zu verabschieden, dankte ihnen für ihren Einsatz und wünschte ihnen noch einen schönen Tag. Keller selbst hatte noch etwas zu erledigen, er musste das Haus abschließen und die Schlüssel wieder in der Stadtverwaltung abliefern. Kneipp wollte noch einmal das Grundstück inspizieren – er hätte da noch eine Idee.

Der Kommissar war fast fertig und bereits wieder im Treppenhaus vom Wohnbereich, als sein Blick auf den kleinen Fernseher im Aufenthaltsraum fiel. Der Apparat war auf ›Standby‹ – es leuchtete dauerhaft ein rotes Licht. Keller schaltete das Gerät an, und, siehe da, es lief eine Wiederholung der üblichen Nachmittagsserie. Wie kann das sein, haben die denn den Strom nicht abgestellt?, fragte er sich irritiert.

Der Kommissar ging in den Keller, um den Sicherungskasten zu suchen. Er fand ihn in einem kleinen Zimmer mit einer ›65‹ auf der Tür. Keller notierte sich die Nummer auf dem Zähler und hoffte, dass damals irgendjemand den aktuellen Stand nach Einstellung des Jugendherbergsbetriebs festgehalten hatte. Mit dieser Recherche würde er Engelchen belästigen müssen.

Als Letztes verschloss Keller die Tür des Werkzeugkellers. Dann lief er zu seinem Auto, das er in der Straße ›Am Friedenstal‹ geparkt hatte und in dem Kneipp bereits auf ihn wartete. Als sie nach

dem Wenden noch einmal an der Jugendherberge
›Hermann Wenning‹ vorbeifuhren, wurde Keller
den Verdacht nicht los, dass er sicher noch einmal
herkommen würde.

31

»So, was haben wir?«

Es war inzwischen Mittag geworden. Keller besaß für diese Tageszeit einen eindeutigen Indikator,
nämlich seinen Magen. Erwartungsvoll knurrte
dieser bereits schon seit einiger Zeit recht laut vor
sich hin, ohne Rücksicht darauf, ob andere dieses
Grummeln lästig fanden oder nicht. Keller scherte
sich auch nicht darum, schließlich handelte es sich
um ein vernachlässigtes Körperteil, das sich beschwerte, und da waren dem Kommissar die belus-
tigten Blicke seiner Kollegen gleichgültig. Erst
jetzt fiel ihm auf, dass er auf dem Weg von der Jugendherberge zurück zum Polizeiposten sowohl
am Einkaufszentrum als auch an einer Pizzeria, der
Eisdiele, dem Bäcker und dem Fleischer vorbeige-
kommen war. Keller wunderte sich, dass ihm das
nicht aufgefallen war. Er musste wirklich tief in
Gedanken über den Fall versunken gewesen sein.

Er stand kurz davor, wieder in die Welt der
Lunchpakete und Zivildienstleistenden abzutau-
chen, als Engelchen ihn ansprach.

»Bodenkontrolle an Kommissar Keller, bitte
melden Sie sich!«

»Ja, was ist? Oh, Entschuldigung. Ich war in Gedanken.«

»Was hatte sie an – oder besser, was hatte sie nicht an?«, fragte Jensen und fing sich sogleich einen bösen Blick von Engelchen ein.

»Das Bappelmaul einen Euro in die Machokasse bitte.« Sie hatte inzwischen auch schon ein paar Begriffe aus dem Niederhessischen aufgeschnappt.

Jensen war nicht amüsiert. »Was?«

»War nur Spaß. Ich wollte nur die Zeit überbrücken, bis der große Guru wieder in der Jetztzeit gelandet ist.«

»Gut, Engelchen«, ergriff Keller das Wort, »dann fangen Sie gleich mal an.« Er streichelte seinen Bauch, so als wolle er seinen Magen damit noch etwas bei Laune halten.

»Wollen Sie nicht erst einmal etwas zum Einsatz vorhin sagen?«, fragte sie ihn.

Kellers Magen ließ sich nicht beruhigen, denn er gab wieder ein lautes Knurren von sich, das Jensen mit einem amüsierten Blick kommentierte. Der Kommissar ignorierte ihn. »Gerne. Doch gibt es da nicht viel zu erzählen. Die Mühe war umsonst, wir haben Sebald und das Mädchen nicht gefunden. Auch eine sorgfältige Durchsuchung aller Räume hat uns keine weiteren Hinweise geben können. Es besteht jedoch die Möglichkeit, dass sie dort gewesen sind.«

Er brauchte nichts zu sagen, der Blick auf Engelchen genügte, und sie fing an zu erzählen.

»Zunächst: Wie wir alle wissen, gibt es das ›Bundesamt für Zivildienst‹ nicht mehr, es gehört heute zum ›Bundesamt für Familie und zivilgesell-schaftliche Aufgaben‹. Da es den Zivildienst seit 2011 nicht mehr gibt, hatte auch das ›Bundesamt für Zivildienst‹ keine Daseinsberechtigung mehr. Noch konnte ich nichts erreichen, doch habe ich alle relevanten Akten angefordert. Sebalds Dienst-zeit begann am 1. August 2010, sie endete am 30. April 2011.«

»Damit kann man ja nicht sehr viel anfangen. Haben Sie sonst noch etwas?«

»Nur dass es in der Regel zwei bis vier Zivis gab, die dort beschäftigt waren. Insgesamt ist Se-bald dadurch mit drei anderen Zivildienstleisten-den in Kontakt gekommen. Ich bin gerade dabei, ihre Adressen zu ermitteln.«

»Gut, danke.« Keller klang jedoch nicht zufrie-den. »Wann werden die Akten hier sein?«

»Ich habe es eilig gemacht. Sie werden gerade eingescannt und kommen morgen per E-Mail .«

»Gut. Jensen, was sagt das Deutsche Jugendher-bergswerk?«

Jensen wollte gerade seinen Sermon abspulen, da fiel Engelchen ihm ins Wort. »Eines noch: Die An-frage nach den Verbrauchsständen in der Jugend-herberge läuft, wir bekommen das Abwicklungs-protokoll mit allen relevanten Zahlen. Jetzt bin ich fertig.«

»Danke.« Jensen klang leicht genervt. »Die In-formation mit den drei Zivis hätte ich Ihnen auch verzählen können; dafür bin ich einen Schritt wei-ter und hab schon die Namen: Helmut Umbreit, Jo-chen Gerhardt und Walter Hausmann.«

»Die sind ja richtig pfiffig, die Burschen«, warf Engelchen ein. »Das Bundesamt für Familie und zivilgesellschaftliche Aufgaben war nicht so auskunftsfreudig‹.«

Jensen ließ sich von diesem nicht sonderlich qualifizierten Einwurf nicht aus dem Konzept bringen, er fuhr fort: »Weiterhin war während der gesamten Zeit noch eine gewisse Frau Katja Schrage in der Jugendherberge beschäftigt.«

»Die ›Schnelle Kati‹, ja, die kenn ich.«

Alle drehten sich um, um zu sehen, woher dieser Kommentar gekommen war. Polizeioberkommissar Kneipp war aus der Kaffeeküche zurückgekommen. Er hatte einen frischen Schwarzen gekocht.

Jensen war nun neugierig. »Der Herr Weißbescheid. Woher kennen Sie die verdächtig nach ›Trulle‹ klingende Frau?«

»Woher ich die ›Schnelle Kati‹ kenne? Hier aus der ›Weserperle‹, da hat sie früher als Bedienung gearbeitet. Sobald ein ihr fremder Mann hereinkam oder sie selbst betrunken war, saß sie auf jemandes Schoß.«

»Ach ja?«, entfuhr es Engelchen.

»Keine Angst, Frau Engel, ich bin sauber. Mit Bullen hat sie sich nämlich nicht eingelassen.«

»Aber sicherlich wissen Sie, wo wir dieses Früchtchen finden?«

»Klar, sie arbeitet jetzt als Bedienung in einem italienischen Restaurant in Beverungen.«

»Ja, die Information habe ich auch«, erklärte Berg.

»Gut«, ging Keller dazwischen. »Wir werden nachher auslosen, wer von euch der Dame einen Besuch abstatten darf. Vielleicht ist aber eine Frau dazu am besten geeignet, schließlich wird sich die Dame nicht auf deren Schoß setzen, oder?«

Engelchen stöhnte.

»Wo wohnt sie denn derzeit?«, fuhr ihr Chef unbeeindruckt fort.

»In Karlshafen, Weserstraße.«

»Gut, danke.« Keller überlegte kurz, dann wandte er sich an Jensen: »Gibt es sonst noch irgendwelche besonderen Vorkommnisse?«

»Nein, bis auf einige Unfälle mit dem Dienstauto der Jugendherberge.«

»Bitte?« Erstaunen war in Kellers Gesicht zu lesen. »Und das sagen Sie erst jetzt?« Keller war wütend. Hoffentlich würde Jensen nun keine Erzählstunde anfangen.

Und tatsächlich begann dieser sogleich, die Ereignisse zu schildern, doch blieb er zu Kellers Überraschung sachlich. »Insgesamt war das Auto im Jahr 2010 dreimal in der Reparatur, die Kopien der Rechnungen bekommen wir noch. Schon einmal im Groben: Einmal ist die Herbergsmutter gegen das geschlossene Garagentor gefahren. Vermutlich hatte sie sich an diesem Abend einmal etwas de Keeze geflickt. Den zweiten Unfall hat Sebald verursacht, er hat zwischen Karlshafen und Herstelle bei einem riskanten Überholmanöver drei Leitpfosten umgenietet. Es ist zum Glück nicht mehr passiert, als dass ein Radfahrer sich leicht verletzt hat. Außerdem sind das linke vordere Licht und etwas Blech zu Schaden gekommen. Er sagte damals zunächst wohl, er wollte einen Zustreckeweg nehmen, eine Abkürzung. Die zweite Version, dass er nämlich einem Vogel ausweichen musste, hat ihn dann gerettet. Der dritte Unfall war etwas kurios, da brauche ich erst noch weitere Unterlagen. Doch schon mal so viel: Er geschah abends auf dem Radweg zwischen Würgassen und Bad Karlshafen. Hier will ich mal mit Herrn Richter sprechen, der hat laut Unterlagen des Jugendherbergswerks damals als POK Kneipps Vorgänger den Fall aufgenommen.«

»Das hört sich ja schon mal interessant an«, entfuhr es Keller. »Herr Berg, wie steht es mit den Kindern der Herbergsmutter?«

»Die werden uns nicht viel sagen können. Kai, das ältere, lebt schon seit 2008 in Kassel. Seine jüngere Schwester Elke hat es nach Norddeutschland verschlagen, sie wohnt mit ihrer Familie – Mann und drei Kindern – in Rendsburg. Kai hat übrigens keine Familie.«

Keller stutzte. »Aber die beiden müssen doch ihre Mutter beziehungsweise die Großmutter der Kinder besucht haben. Weihnachten, Geburtstage … und so weiter?«

»Da bin ich dran, ich konnte die beiden bisher noch nicht erreichen.«

»Gut, machen Sie da gleich weiter.« Keller fuhr fort: »Dann berichte ich noch einmal etwas ausführlicher über den Einsatz vorhin.« Er merkte an ihren Blicken, dass die Aufmerksamkeit seiner Kollegen plötzlich schlagartig zunahm.

Als er mit seinem ausführlichen Bericht fertig war und die Nachfragen der Kollegen beantwortet hatte, gingen alle wieder an ihre Plätze – schließlich hatten sie alle noch etwas zu recherchieren.

Keller hingegen nahm seine Jacke und ging hinaus.

»Wo wollen Sie hin?«, fragte Kneipp.

»Mir etwas zu Essen holen, mir hängt der Magen in den Kniekehlen.«

»War nicht zu überhören. Dann guten Hunger und viel Erfolg.«

Keller freute sich auf zwei leckere Mettbrötchen, doch hatte der Fleischer an diesem Nachmittag leider geschlossen.

»Dann eben nicht.« Sprach's und holte sich ein paar Häuser weiter ein Stück Pizza.

32

Das Kind fing wieder an zu brabbeln – erzählte etwas von Wildschweinkindern und einem Jongleur. Er musste ihre Arme festhalten, damit sie nicht um sich schlug und sich vielleicht verletzte.

*

»Herr Keller, haben Sie etwas dagegen, wenn ich Herrn Jensen zu seinem Besuch bei Herrn Richter begleite? Schließlich habe ich von ihm meine erste Anzeige wegen Sachbeschädigung bekommen.«

Engelchen stutzte und sagte dann amüsiert: »Herr Kneipp, das sind ja ganz neue Seiten, die ich von Ihnen gar nicht kenne. Das müssen Sie mir bei Gelegenheit mal näher erläutern.«

»Die Frauen und ihre Neugier!« Keller schüttelte den Kopf. »Und nein, Herr Kneipp, ich habe nichts dagegen, dass Sie mitgehen. Natürlich unter der Voraussetzung, dass Sie nicht nur Jugenderinnerungen austauschen.« Keller klang bestimmt.

Kneipp antwortete zu Kellers Leidwesen mit seinem Standardspruch: »Alles klar, Herr Kommissar.«

Jensen schaute grinsend zu Kneipp. »Nehmen wa Ihren Wagen oder meene Kalesche?«, fragte Jensen.

»Lassen Sie uns meinen Wagen nehmen, Ihrer riecht immer so nach Hund.«

Wenige Minuten später hatten sie das große Haus von Richter erreicht. Er wohnte dort alleine mit seiner Frau. Die Hoffnung, dass eine der Töchter mit ihrer Familie dort einziehen würde, hatte sich nicht erfüllt.

»Jetzt passen Sie mal genau auf, Jensen, was gleich passiert!«

Jensen wusste nicht, was Kneipp ihm sagen wollte, und machte daher ein ziemlich dummes Gesicht. Aber konnte auch nicht weiterdarüber nachdenken, denn in diesem Moment öffnete sich die Tür und ein Hüne von einem Mann mit Glatze, Brille und einem Trainingsanzug der TSG-1862-Bad-Karlshafen lugte aus der minimal geöffneten Tür.

»Immer noch so vorsichtig wie früher, der Polizeiobermeister a. D.«, strahlte Kneipp.

»Marcus Kneipp – Sie haben anno dazumal die Scheibe der katholischen Kirche mit einer Zwille eingeschossen! Ich habe Sie damals geschnappt, und Sie wurden zu zwanzig Sozialstunden verdonnert.«

»Die alte Geschichte … wann werden Sie sie endlich vergessen?«

»Wenn ich im Alter vor etwas Angst habe, dann vor der Möglichkeit, dement zu werden. Aber bislang kann ich mich noch gut an alles erinnern.«

Kneipp grinste und deutete dann auf Jensen. »Das ist ein gutes Stichwort. Das ist mein Kollege Jensen, wir sind auf der Suche nach Informationen über einen gewissen Stefan Sebald, den dürften Sie sicher auch noch kennen.«

Richter musste nicht lange überlegen. »Natürlich, ›Niki Lauda‹.« Ihm fiel auf, dass sie immer noch vor der Tür standen. »Jetzt kommen Sie aber erst mal rein.«

Richter führte seine beiden Kollegen ins gemütlich eingerichtete Wohnzimmer. Auffallend war der große Fernseher, die Eheleute hatten wohl nicht mehr die besten Augen.

Als sie alle Platz genommen hatten, fuhr Richter fort: »Er hat damals ein illegales Autorennen veranstaltet und beinahe einen schweren Unfall auf der B 83 verursacht. Zudem hat er versucht, mit einer meiner Töchter anzubandeln.« Letzteres war offensichtlich beim Vater der Tochter nicht gut angekommen.

»Wann war das mit dem Unfall und dem Rennen?«

»Das muss 2010 gewesen sein, Ende Dezember bin ich in Pension gegangen.«

»Dann erzählen Sie mal«, fuhr Kneipp fort.

»Zuerst war da der Unfall. Frau Schmäher, die Herbergsmutter, hatte Sebald nach Beverungen in den Baumarkt geschickt, um Farbe zu kaufen. Der Bursche hatte keine bessere Idee, als den Ford Monde auf der 70-km/h-Strecke zwischen Bad Karlshafen und Herstelle auf 120 km/h zu beschleunigen. Er unternahm ein riskantes Fahrmanöver, um einen vor ihm fahrenden Transporter zu überholen. Leider hat er jedoch einen entgegenkommenden PKW übersehen, sodass er gezwungen war, auf den parallel laufenden Rad- und Fußweg auszuweichen. Dabei hätte er fast einen Radfahrer umgenietet, der in aller Gemütlichkeit nach Bad Karlshafen radeln wollte. Dieser konnte jedoch noch rechtzeitig ausweichen und ist gegen einen Zaun gefahren. Wie durch ein Wunder blieb er unverletzt, ebenso wie Sebald und die Fahrerin des entgegenkommenden PKWs. Wir dachten zunächst, sie hätte einen Schock erlitten, doch entließ die Besatzung des gerufenen Krankenwagens sie nach einem intensiven Gespräch und einiger Beobachtungszeit.«

Jensen hatte sich zunächst zurückgehalten und seinem Kollegen die Befragung überlassen, doch jetzt schaltete auch er sich ein. »Wie ging die Sache weiter?«

»Just in diesem Moment geschah es, dass meine

jüngere Tochter vorbeikam. Sie hielt an und erkundigte sich neugierig, was geschehen war. Und da hat doch dieser Taugenichts nichts Besseres zu tun, als mit ihr herumzuturteln. Zum Glück war sie nicht interessiert und hat ihn abblitzen lassen.«

»Wie ging es aus?«, wollte Kneipp wissen.

»Es blieb bei einer Anzeige wegen Gefährdung im Straßenverkehr.«

»Aber das hielt Sebald nicht davon ab, kurze Zeit später wieder als Rennfahrer in Erscheinung zu treten. Er hatte wohl Fez am Nervenkitzel?«, fragte Jensen dazwischen.

»Ja«, antwortete Richter, »aus der Sache ist er dann nicht mehr so einfach herausgekommen. Diese Vollpfosten wollten testen, wie schnell man auf dem Radweg zwischen Würgassen und Karlshafen fahren kann und wie lange man dafür braucht.«

Ein Moment Schweigen.

»Ich schätze 120 km/h und weniger als zwei Minuten.«

»Kneipp, Sie Kindskopf, sind Sie denn immer noch nicht erwachsen?« Richter schüttelte den Kopf.

»Entschuldigen Sie bitte, das war ungehörig.« Kneipp sah jedoch nicht wie ein geläuterter Schuljunge aus, sondern grinste über das ganze Gesicht.

Richter ging auf diese Abbitte nicht ein und schimpfte weiter: »Vermutlich ist es nur ein glücklicher Zufall, dass Sie nicht der zweite Fahrer waren. Aber vielleicht doch, den zweiten Fahrer hat man ja nie geschnappt, und Sebald hat ihn auch nicht verraten.«

»Herr Polizeiobermeister a. D., wie war das nochmal mit der Unschuldsvermutung?«

»Tut mir leid, da ist wohl der Gaul mit mir durchgegangen. Aber da können Sie mal sehen, wie ich mich auch heute noch darüber aufregen kann – und das nach immerhin fast fünf Jahren.«

Jensen versuchte, das Gespräch wieder in ordentliche Bahnen zu lenken. »Wie hat Frau Schmäher reagiert, als sie davon erfahren hat? Hat sie ihn gleich abgeschwirrt?«

»Sie war wütend und hätte Sebald fast rausgeschmissen.«

»Was er natürlich vermeiden wollte. Was hat ihn gerettet?«

Richter schnaubte. »Der Typ hatte so einen Dusel, das ist schon nicht mehr wahr! Ein Anwalt, Pelzer war – glaube ich – sein Name, hat gut argumentiert, und so blieb es bei einer Geldstrafe und zwei Jahren Führerscheinentzug. Und dass der Tagessatz bei einem Zivildienstleistenden nicht sehr hoch ist, können Sie sich vermutlich denken.«

»Und nachher war dann Ruhe?«, fuhr Kneipp fort.

»Ja, bis auf eine kleine Pöbelei in der Eisdiele, aber die war wirklich nicht der Rede wert.«

»Also keine weiteren Vorkommnisse bis zum Ende von Sebalds Dienstzeit am 30. April 2011?«, fragte Kneipp.

Richter dachte kurz nach, schüttelte dann aber den Kopf. »Nicht dass mir etwas bekannt wäre.«

»Vielen Dank. Vielleicht kommen wir noch einmal auf Sie zurück. Und wenn Ihnen noch etwas einfällt, dann melden Sie sich bitte bei uns oder bei Kommissar Keller.«

»Keller, Ernst Keller?«

»Ja, warum?«, fragte Kneipp.

»Ich kann mich noch daran erinnern, dass man in der ersten Klasse meine Tochter neben den kleinen Ernst gesetzt hat – damit er nicht so allein saß.«

»Schöne Geschichte«, sagte Jensen. »Werden wir ihm bei Gelegenheit vielleicht erzählen.«

»Bestellen Sie ihm bitte schöne Grüße. Ich schaue vielleicht die Tage mal an meiner alten Wirkungsstätte vorbei. Aber im Augenblick muss ich mich viel um meine Frau kümmern, ihr geht es gesundheitlich nicht so gut.«

»Machen Sie das, da wird er sich sicher freuen. Einen schönen Tag noch und alles Gute für Sie und Ihre Frau.«

»Ihnen auch.«

Sie fuhren zurück zum Polizeiposten und mussten immer wieder grinsen – ›der kleine Ernst‹.

33

»Papa, liest du mir etwas Schönes vor?«

Doch bedauerlicherweise hatte er kein Buch zur Hand. Auch war er nicht ihr Papa.

*

Der ›kleine Ernst‹ machte gerade Ablage – viel zu

viele Dinge waren viel zu lange liegen geblieben. Er blickte auf und konnte sich eines dummen Kommentars nicht erwehren: »Aha, die Ausflügler! Ihr wart aber lange weg.«

»Ja, der ehemalige ›Dorfsheriff‹ hatte viel zu erzählen«, antwortete Kneipp erstaunlich sachlich auf diese Provokation.

Keller, der einen dicken Leitz-Ordner in der Hand hielt und versuchte, ihn in ein Regal zwischen zwei andere, nicht minder beleibte, hineinzuquetschen, antwortete: »Prima, bin schon gespannt auf Ihren Bericht. Wir machen in einer halben Stunde ein Meeting – dann dürfte Engelchen alle Unterlagen zusammengesammelt und Berg mit den Kindern von Frau Schmäher gesprochen haben.« Der Ordner fiel ihm aus der Hand und krachte geräuschvoll auf den Boden.

Kneipp und Jensen schauten sich an und grinsten. Offenbar dachten sie immer noch an den ›kleinen Ernst‹, der alleine an einem Schultisch saß und vermutlich ganz traurig war.

Keller, der meinte, die Kollegen würden sich über seine Ungeschicklichkeit amüsieren, schüttelte nur den Kopf, pflückte den Ordner vom Boden und widmete sich wieder seiner Ablage.

Plötzlich klopfte es an der Tür. »Kommen Sie herein!«, rief Keller über die Schulter.

In der Tür stand ein dunkel gekleideter Mann von vielleicht fünfundzwanzig Jahren. Er trug einen Schnurrbart und eine Brille mit Markengestell. »Mein Name ist Hausmann, Walter Hausmann. Ich sollte mich hier melden.«

Der Kommissar legte die Unterlagen aus der Hand, griff sich aber gleich ein paar neue Akten. »Schön, dass Sie so schnell gekommen sind. Wir haben gleich Zeit für Sie.«

Es dauerte ungefähr fünf Minuten, dann setzte sich Keller zu seinem Gast an den nun aufgeräumten Tisch.

»Hallo, Herr Hausmann – schön, dass Sie so schnell kommen konnten.«

»Man hilft doch gerne.«

»Also, wann genau waren Sie Zivi in der Jugendherberge Karlshafen?«

Hausmann überlegte kurz. »Das ist schon wieder so lange her: Vom 1. April bis 31. Dezember 2010.«

»Dann waren Sie also von August bis Dezember ein Kollege von Herrn Stefan Sebald?«

Hausmann nickte. »Ja, das ist korrekt«, bestätigte er. Plötzlich sah Keller auf seinem Gesicht ein spitzbübisches Lächeln aufblitzen. »Und bis auf den ständigen Ärger mit unseren Vorgesetzten war es eine lustige Zeit.«

Keller runzelte die Stirn. Musste er sich jetzt irgendwelche Lausbubenstreiche anhören oder ging es hier um ernstere Dinge? »Wer waren Ihre Vorgesetzten?«

»Frau Schmäher natürlich und im eigentlichen Sinne auch Frau Schrage.«

»Frau Katja Schrage, inwiefern?«

»›Kati‹, so haben wir sie unter uns immer genannt, war uns so gesehen nicht disziplinarisch vorgesetzt. Wir wussten jedoch, dass sie mit Billigung von Frau Schmäher den eigentlichen Arbeitstag vorgeben durfte.«

Der Kommissar, der angefangen hatte, sich Notizen zu machen, bohrte weiter. »Herr Hausmann, was waren Ihre täglichen Aufgaben?«

»Im Sommer Putzen und Küchendienst, im Winter hauptsächlich Renovierungsarbeiten im Haus.«

Der Kommissar notierte sich ein paar Stichworte und blickte dann auf. »Kommen wir zu Herrn Sebald.« Keller holte tief Luft. »Wie war er so?«

»Eigentlich war er ein netter Kerl, doch wollte er sich nirgends unterordnen. Ständig musste er mit Frau Schmäher diskutieren. Sie hatte ihn dann natürlich schnell auf dem Kieker.«

Keller wusste, nun würde es interessant werden. »Wie hat sich das geäußert?«

»Er bekam immer die etwas unangenehmeren Arbeiten zugewiesen. Zudem bekam er weniger leicht mal einen Tag Sonderurlaub und wurde als Einziger von uns nicht befördert«, antwortete Hausmann.

Der Kommissar legte den Kugelschreiber zur Seite. »Moment, seit wann gibt es im Zivildienst Beförderungen?«

»Ja, das haben wir zunächst auch nicht verstanden. Doch wurden wir nach vier Monaten automatisch befördert. Wir waren dann einem ›Gefreiten‹ gleichgestellt und bekamen etwas mehr Sold. In der Regel passierte das automatisch und konnte nur mit besonderer Begründung abgelehnt werden.«

»Wie bei Sebald. Und das nur, weil die Herbergsmutter ihn nicht leiden konnte?«, hakte Keller nach.

Hausmann schüttelte den Kopf. »Nein, damit wäre sie nie durchgekommen. Das brauchte schon eine ordentliche Begründung.«

»Der Autounfall und das Rennen?« So einen Zivi hätte ich zu monatelangem Kloputzen degradiert, dachte Keller und wunderte sich nicht, dass die indirekten Vorgesetzten Sebalds ähnlich reagiert hatten.

»Ja, weniger der Autounfall als das Rennen auf dem Weserradweg. Beim Unfall auf der Straße nach Herstelle saß ich übrigens mit im Auto. Hier konnte Sebald überzeugend erklären, dass er einem Vogel hatte ausweichen müssen.«

Keller runzelte die Stirn. »Wie konnte er das?«

Walter Hausmann rutschte auf der Sitzfläche seines Stuhles hin und her. Es war ihm anzusehen, dass die Konversation nun auf einen für ihn unangenehmen Teil zusteuerte. »Er hat mich bedrängt, in seinem Sinne auszusagen, Herr Kommissar.«

Warum wundert mich das jetzt nicht?, dachte Keller. »Wie hat er Sie bedrängt?«

»Zuerst hat er mich freundlich gebeten, dann angefleht. Als das alles nicht geholfen hat, hat er mich mit einer Sache erpresst.« Hausmann betrachtete eingehend den Reißverschluss seiner Jacke.

»Was hatte er gegen Sie in der Hand?«

Hausmann schwieg einen Moment. »Also gut. Wie Sie vielleicht wissen, hatten wir als Zivis auch in der Jugendherberge zu wohnen. Und obwohl es streng verboten war, hatte ich einmal Damenbesuch in meinem Zimmer im Nebentrakt.«

Der Kommissar zog die Augenbrauen hoch. »Einen Gast?«

»Ja. Alle haben es gewusst, sogar Kati. Doch hat keiner etwas gesagt, nicht einmal Frau Schrage. Was mich letztlich schon gewundert hat, da sie mich eigentlich gar nicht richtig leiden konnte.«

»Wie äußerte sich das?«

»Eigentlich wie zwischen Stefan und Frau Schmäher. Ich musste immer die unangenehmeren Arbeiten machen, und es wurde hinter meinem Rücken schlecht über mich gesprochen.«

Keller war überrascht. »Von wem wissen Sie das?«

»Von Helmut Umbreit und Jochen Gerhardt, den beiden anderen Zivis. Stefan hingegen war so etwas wie Katis Liebling. In Katis beschränkter Weltanschauung gab es gute und böse Zivis.«

»Und Sie waren ein böser Zivi?«

»Ja, genau wie Jochen. Stefan und Helmut waren die Guten, wir die Bösen.«

»Kommen wir wieder zu Stefan Sebald. Bei diesem kuriosen Autorennen waren Sie auch dabei?«

»Nein, glücklicherweise nicht. Stefan ist abends los und hat sich einfach das Auto genommen, was natürlich nicht erlaubt war – schließlich war es ein Dienstwagen. Wir durften den Wagen nur zu dienstlichen Zwecken fahren.«

»Kam er so einfach an den Schlüssel?«

»Ja, das war kein Problem. Der Schlüssel hing im Büro und war den Zivis jederzeit zugänglich.«

»Was wissen Sie von dem Rennen?«

»Stefan hatte in der Disco eine Wette mit einem Einheimischen abgeschlossen. Sie wollten ein Rennen fahren und haben um einen Kasten Bier gewettet. Als es zu dem Rennen kam, wurden die beiden auf frischer Tat ertappt.«

»Wer war der zweite Fahrer?«

»Daran kann ich mich nicht mehr erinnern. Aber Helmut, Helmut Umbreit, der dürfte das wissen. Die beiden waren recht dicke miteinander.«

»War Umbreit mit dabei?«

»Nein, soweit ich weiß, nicht. Aber Stefan wird ihm sicher etwas darüber erzählt haben. Aber warten Sie, jetzt fällt es mir wieder ein: Der zweite Fahrer hieß wie der Anwalt aus ›Liebling Kreuzberg‹, Pelzer. Den Vornamen weiß ich aber nicht mehr.«

Soso, dachte Keller, das ist ja sehr interessant. Er war aber mit Hausmanns Aussagen immer noch nicht zufrieden.

»Kommen wir mal zu der Jugendherberge. Gibt es dort irgendwelche Verstecke, die man nicht auf Anhieb finden kann?«

»Sie denken, dass sich Stefan mit dem Kind dort versteckt hält? Es ist ja überall in den Zeitungen zu lesen, dass er das Kind entführt hat.«

»Was ich denke, ist nebensächlich, doch wissen Sie sicher, was ich meine?«

»Ja, aber ein solches Versteck kenne ich nicht.«

»Wer könnte ein derartiges Versteck kennen?«

»Kann ich Ihnen nicht sagen, vielleicht die Kinder von Frau Schmäher, die sind quasi in diesem

Gebäude aufgewachsen und kennen bestimmt jeden Winkel.«

»Noch eine Frage zum Schluss: Wissen Sie, wie hoch die Strafe für Herrn Pelzer war, dem zweiten Rennfahrer damals?«

»Wenn ich mich recht erinnere, wurde nie öffentlich bekannt, wer der zweite Fahrer war. Folglich wurde er auch nicht belangt.«

»Vielen Dank, Herr Hausmann. Sollten wir noch Fragen haben, werden wir uns noch einmal mit Ihnen in Verbindung setzen.«

»Gerne, jedoch fahre ich nächsten Sonntag mit meiner Frau in Urlaub.«

»Wo geht es denn hin?«

»Wir holen unsere Hochzeitsreise nach, es geht für drei Wochen in die Dominikanische Republik.«

»Alle Gute und viel Spaß im Urlaub. Wir haben ja Ihre Handynummer – für alle Fälle.«

Mit diesen Worten entließ er Herrn Hausmann und machte sich auf die Suche nach seiner Assistentin.

Engelchen war ausgeflogen. Sie wollte nach Aussage von Kneipp einige wichtige Papiere aus Kassel holen.

Ich dachte, man könnte sich heute alles über den Computer zuschicken lassen, ging es ihm durch den Kopf. Er war sich jedoch sicher, dass der dienstliche Ausflug nach Kassel nur ein Vorwand war, um noch einmal bei Meier vorbeizuschauen. »Dann findet die Besprechung halt später statt«, sagte Keller zu sich selbst.

In diesem Augenblick hörte er das ›Kling‹ einer

eingehenden E-Mail auf seinem Rechner. Freudig überrascht stellte Keller fest, dass sie von der Stadtverwaltung kam und die Verbrauchszahlen der Jugendherberge für Wasser, Strom und Gas enthielt. Er zog unter einem Stapel von Papier seinen Notizzettel hervor, auf dem er seine Zahlen notiert hatte. Es war so, wie er vermutet hatte: Bis auf den Wasserverbrauch waren alle Verbrauchsstände höher. Keller war sofort klar, warum: Die Heizung war im Winter weitergelaufen, die Pumpen brauchten Strom. Daher ließ sich aus dem Vergleich nicht herauslesen, ob der Fernseher denn nun gelaufen war oder nicht. Daraufhin entschloss sich Keller, nicht auch noch die Spurensicherung in die Jugendherberge zu schicken. Der in Augen des Polizeipräsidenten ›sinnlose Ausflug des SEK‹ hatte ihm bereits genug Schwierigkeiten bereitet.

34

Der Schmerz ließ ihn von einem Moment auf den anderen zusammenzucken. Er schnappte nach Atem. Der Schlag in den Magen war derart heftig, dass Bernd Sebald einen Moment keine Luft mehr bekam. Er erinnerte sich … es war wie damals, als ihm sein Pflegebruder mit dem Fußball in den Solarplexus geschossen hatte. Er öffnete die Lider, um seinen Peinigern in die Augen zu schauen – ein Fehler.

Er wollte gerade etwas sagen, da traf ihn die

Faust mitten ins Gesicht. Sebald taumelte, doch fiel er nicht zu Boden. Im letzten Moment konnte er sich am Griff der Tür festhalten.

Sebald fragte sich, wo um Himmels Willen sein Zellengenosse abgeblieben war, ahnte aber gleichzeitig, dass dieser für unbestimmte Zeit die Zelle verlassen hatte, weil er wahrscheinlich freundlich darum gebeten worden war, sich doch mal die Beine zu vertreten. So war er mit seinen Folterknechten allein.

Wie viele sind es? Was wollen die überhaupt von mir?, ging es ihm durch den Kopf. Doch kam er nicht dazu, den Gedanken zu vertiefen. In diesem Moment umfasste eine starke Hand seine Kehle und drückte ihn gegen den Türrahmen. Er versuchte zu atmen, doch blieb die Luft auf dem Weg zu seinen Lungen irgendwo hängen. Sebald hatte sich immer noch nicht vom Schlag in den Magen erholt, der Körper versuchte, durch Husten alles wieder an seinen gewohnten Platz zu bringen. Aber da sein Hals immer noch abgeschnürt war, hatte er das Gefühl, es könne jeden Moment seine Eingeweide zerreißen. Er wusste nicht, wie lang er noch die Augen würde offen halten können. Er könnte jeden Moment ohnmächtig werden.

»Lass die Kröte mal kurz durchatmen, bevor sie uns hier verreckt.« Der das gesagt hatte, war offensichtlich der Chef. Seine Stimme drang zu Bernd Sebald wie aus dem Off, so weit war er schon der Realität entschwunden. Sie waren also mindestens zu zweit.

Der Griff lockerte sich, ließ ihm jedoch noch immer keinerlei Bewegungsfreiheit. Gierig sog er ein wenig Luft ein.

»Na, wie ist das werte Befinden, mein Lieber?«

Sebald wollte antworten, bekam aber immer noch keinen Ton heraus. Der Griff um seine Kehle lockerte sich weiter – plötzlich war er frei. Da knickten seine Knie ein, und er fiel zu Boden.

»Kalle, du warst vielleicht ein bisschen grob. Jetzt sei so nett, und hilf dem Guten wieder auf die Beine.«

»Wirklich? Ich glaube, er simuliert nur«, verteidigte sich ›Kalle‹.

»Meinst du? Kneif ihn doch einfach mal in den Arm, dann werden wir sehen.«

Plötzlich spürte Sebald einen stechenden Schmerz in seinem rechten Unterarm, und er schrie laut auf.

»Du hast recht, er simuliert doch nicht.«

»Was wollt ihr von mir?«, flüsterte Sebald.

»Kalle, hast du ihn verstanden?«, fragte derjenige, der offensichtlich die Befehle gab.

»Nicht so richtig, er röchelt zu viel beim Reden.«

Sebald nahm all seine Kraft zusammen. »Was wollt ihr von mir?«

Jetzt aber wollten ihn die beiden absichtlich nicht verstehen. »Sprich lauter – oder hat dir das deine Mama nicht beigebracht?« Der Chef hatte eine rollende Bassstimme.

»Ihr Arschlöcher!«

Bereits zwei Sekunden später spürte er einen neuen Schmerz, diesmal traf ihn Kalles Schuh im Magen.

»Verdammt«, keuchte Sebald.

Kalle kicherte. »Welch unchristliche Ausdrucksweise.«

»Was wollt ihr von mir?«

Die Fragen stellte offensichtlich ausschließlich der ›Chef‹. »Du bist doch der Typ, der vor Kurzem geholfen hat, ein kleines Mädchen zu entführen?«

»Selbst wenn es so wäre, was geht dich das an?«

Der Mann mit der Bassstimme näherte sich ihm, bis dessen knollige Nase nur noch etwa fünf Zentimeter von Sebalds Gesicht entfernt war. »Ich hatte mal 'ne Nichte, die ist von so einem Schwein vergewaltigt worden, als sie gerade zwölf Jahre alt war«, flüstere er bedrohlich.

»Ich habe deiner Nichte nichts getan.«

»Stimmt, aber dein Bruder diesem anderen Mädchen.«

Sebald krabbelte ein paar Zentimeter zurück, bis er an einer Wand anstieß. »Bin ich hier in Sippenhaft? Was kann ich dafür, dass mein Bruder abhauen musste und das Mädchen mitgenommen hat?«

»Sag der Polizei lieber, wo dein Bruder und das Mädchen sind. Sonst wird es die nächsten Tage hier etwas ungemütlich für dich.« Er wandte sich an Kalle. »Hilf ihm auf!«

Kalle war Sebald behilflich. Zunächst schlug dieser den ihm angebotenen Arm beiseite, doch wäre er alleine nicht hochgekommen. Er sah auch nicht ein, warum er aufstehen sollte – vermutlich nur, um im nächsten Moment wieder zu Boden zu gehen. Doch Kalle hielt ihn aufrecht – erstmal.

Der unbekannte Mann wies durch das große

Fenster auf den Gefängnishof, wo sich einige Gefangene in kleinen Grüppchen unterhielten oder alleine Zigaretten rauchten.

»Siehst du da den stabilen Grauhaarigen mit dem Tattoo im Nacken?«, fragte er Sebald.

Dieser lugte durch das Fenster und konnte nur noch nicken.

»Man nennt ihn Geel Piet – warum, weiß ich auch nicht. Doch er ist der Vizepräsident einer bekannten Rockerbande. Und so gefährlich er auch ist, beim Besuch seiner kleinen Tochter wird er zu einem knuddeligen Schmusebär. Ich kann mir nicht vorstellen, dass er dich bei deinem Hintergrund gut leiden kann. Heute Abend spielen wir übrigens wieder zusammen Skat.« Er schaute hinüber zu seinem Kumpel. »Kalle, sorg doch bitte dafür, dass sich der gute Herr Sebald an unser Gespräch erinnert.«

Bevor Sebald protestieren konnte, klingelten ihm bereits die Ohren. Die Backpfeife, die er bekommen hatte, würde er wohl sein Lebtag nicht vergessen.

35

»Mist!«, schrie er laut auf. Das Mädchen hatte bei einer ihrer ruckartigen Bewegungen das Gesicht des Mannes getroffen.

*

»Torsten Bartenstein – spreche ich mit Kriminaloberkommissar Keller?«

Keller hatte es sich nach dem Geburtsfrühstück eines der Kollegen gerade wieder an seinem Schreibtisch bequem gemacht. Er fühlte sich gesättigt, aber auch ein wenig träge. »Am Apparat. Was kann ich für Sie tun?«, antwortete er und musste ein Gähnen unterdrücken.

»Wir kennen uns, ich bin Gefängnisarzt in der Justizvollzugsanstalt Kassel III. Es geht um den Untersuchungshäftling Bernd Sebald, den Sie zu uns gebracht haben.«

Er horchte auf. »Was ist mit Sebald?«

»Bernd Sebald wurde von seinen Mithäftlingen ziemlich übel zugerichtet. Im Augenblick liegt er unter entsprechender Bewachung im Krankenhaus.«

Keller gefror das Blut in den Adern. »Oh, was hat er?«

»Ein blaues Auge, zwei gebrochene Rippen und diverse Hämatome am Körper.«

Mist, dachte sich Keller und ballte die Faust. Das hatte ihm gerade noch gefehlt. »Ich komme gleich vorbei«, sagte er Bartenstein.

»Das ist nicht nötig, Sie würden sowieso nicht zu ihm gelassen.«

»Was?«

»Sebalds Anwalt hat eine Dienstaufsichtsbeschwerde eingelegt und fordert, Sie von diesem Fall zu entbinden. Außerdem hat er Anzeige gegen Sie erstattet wegen Anstiftung zur schweren Körperverletzung. Mich wundert es, dass der Polizeipräsident oder der Oberstaatsanwalt noch nicht mit Ihnen gesprochen haben.«

Keller fühlte, wie ein großer Haufen Mist unaufhaltsam auf ihn zurollte und ihn zu begraben drohte. »Das wird sicher nicht mehr lange dauern. Ich danke Ihnen, dass Sie mich vorab informiert haben«, sagt er bitter.

»Gerne, Sie haben mir auch schon einmal sehr geholfen.«

»Eins noch – heißt Sebalds Anwalt zufällig Pelzer?«

»Ja, warum?«

»Nur so, danke.« Dann hatte Sebald den Kerl seit dem Unfall also als juristische Unterstützung behalten. Keller war kurz davor, das Telefon gegen die Wand zu werfen. Er war wütend. Sicher hatte Pelzer Sebalds Mandat gerne noch ein weiteres Mal übernommen. Es hatte sich bereits gelohnt – mit Blick auf Kellers Drohung gegen Sebald und dessen späterer Misshandlung konnte er Keller weiter unter Druck setzen und so womöglich den Kopf seines Sohnes noch einmal aus der Schlinge ziehen.

Keller hatte sein Telefon noch nicht wieder auf den Tisch gelegt, als es erneut klingelte. Der Klingelton ›Lady In Red‹ von Chris de Burgh war extrem unpassend in dieser Situation, war es doch Frau Stephanie Udenhausen, die Vorzimmerdame des Kasseler Polizeipräsidenten. Und für diese Frau hatte er absolut nichts übrig. Weder in Rot, noch in sonst irgendeiner Farbe. Frau Udenhausen teilte ihm unmissverständlich mit, dass er sich um elf Uhr beim Polizeipräsidenten einzufinden habe. Natürlich würde es um den Angriff auf Sebald und die Dienstaufsichtsbeschwerde gehen, die seit Kurzem gegen Keller anhängig war.

»Ich muss weg.«

Keller ließ Kneipp und Engelchen stehen, mit denen er sich vor den beiden Telefonaten noch angeregt über die Kinder von Frau Schmäher unterhalten hatte.

»Und was sollen wir jetzt machen?«, rief Engelchen Keller hinterher.

»Bestellen Sie die beiden hierher ein. Wir müssen persönlich mit ihnen sprechen.«

Sprach's und wollte eben das Büro verlassen, als er noch einmal kehrtmachte. »Und sprechen Sie mal mit der ›Schnellen Kati‹. Da muss ich nicht unbedingt dabei sein.«

»Das hatten wir doch schon, Chef. Wieder mal typisch, dass Sie sich die Rosinen rauspicken.«

»Das würde ich so nicht sagen. Wollen Sie an meiner Stelle dem Polizeipräsidenten erklären, warum Bernd Sebald nach meiner Drohung neulich jetzt von Mithäftlingen brutal zusammengeschlagen worden ist?«

Engelchen imitierte einen Ausfallschritt und schwang in der Hand einen imaginären Degen. »Touché!«

Im Auto war der erste Griff Kellers der zu seinem Kassettenrekorder. Er schaute skeptisch auf die alte Maxell-Kassette – ›Hits 1980/1‹ stand da mit krakeliger Schrift notiert. Er hatte sie in letzter Zeit einfach zu oft gehört, sodass er sie nun zur

Seite legte. Er schaltete das Radio ein und suchte die Frequenz von hr3 – 89,5 MHz – so wie früher auch. Kellers Timing war gut, sie spielten ›Enola Gay‹ von OMD aus dem Jahr 1980. In Kellers Augen ein toller Song, der nur mit Hiroshima ein sehr trauriges Thema zum Inhalt hatte. Aber das war ihm in diesem Moment egal, er wollte mit Hilfe der Musik seine Aggressionen und auch Ängste abbauen. Er drehte die Lautstärke voll auf, gerade als er durch Helmarshausen fuhr. Die Musik hatte ihm schon früher gut geholfen, sich auf Prüfungssituationen vorzubereiten. Dazu suchte er sich gerne bestimmte Stücke heraus, wie die Musik aus ›Rocky‹ oder ›Hold On Tight‹ vom Electric Light Orchestra. Fetzig musste es sein und Keller ein Gefühl geben, als wäre er unbesiegbar. Derart aufgeputscht, hatte es auch immer gut geklappt – ob es nun die Matheprüfung beim Abi oder die praktische Führerscheinprüfung war.

36

Inzwischen hatte Keller das Gefühl, beinahe im Vorzimmer von Frau Udenhausen zu Hause zu sein – so oft, wie er in letzter Zeit hier war. Die kleine, pummelige Brünette war gerade ausgeflogen, Keller hörte ihr Lachen noch aus der sicher zehn Meter entfernten Kaffeeküche. Er blickte sich um: An der Wand hing ein altes Poster ›Die Polizei – Dein Freund und Helfer‹. Er entdeckte den flachen Aktenschrank, dort befanden sich Andenken offensichtlich aus Griechenland und Ägypten – man interessierte sich also für alte Geschichte. Auf dem Tisch drei Bilder: Eines zeigte Herrn und Frau Udenhausen tatsächlich vor den Pyramiden in Gizeh, ein anderes drei zwischen fünfzehn und zwanzig Jahre alte Jugendliche, offenbar ihre Kinder. Das dritte Bild jedoch erregte Kellers besondere Aufmerksamkeit: Es zeigte eine Wandergruppe, die gerade einen Berggipfel erklommen hatte. Auf dem Bild waren acht Personen zu sehen, von der Anzahl her jeweils zur Hälfte männlich und zur Hälfte weiblich. Kellers Blick fiel auf den zweiten von rechts, einen Mann von zirka sechzig Jahren, der mit einem kleinen Fläschchen in die Kamera prostete. Keller kannte den Mann, wusste aber im Augenblick nicht, wer es war. Er war tief in Gedanken versunken, als sich die Tür öffnete und Frau Udenhausen hereinkam. Nein, dachte Keller, eine Frau in Rot bist du nicht.

»Was wollen Sie denn schon wieder hier?«

Charme und Höflichkeit zählten bekannterweise auch nicht zu ihren Stärken. Und Heuchelei konnte er auf den Tod nicht ausstehen – schließlich hatte sie ihn einbestellt, daher wusste sie Bescheid.

Doch Keller hatte in diesem Moment keine Lust, sie entweder auf ihre Unfreundlichkeit hinzuweisen oder sich einen Spaß mit ihr zu machen. Daher antwortete er nur ganz nüchtern und sachlich: »Ich bin für elf Uhr wieder einmal zum Polizeipräsidenten bestellt.«

»Wollen Sie nicht einen Antrag stellen, dass Sie

vielleicht ein Büro direkt nebenan bekommen, dann ist der Weg nicht immer so weit?«

Keller ging auf die Frechheit von Frau Udenhausen nicht ein. Er verdrängte vielmehr für einen Moment seinen Ärger über die unfreundliche Vorzimmerschnepfe und die Nervosität vor dem bevorstehenden Gespräch. Er musste unbedingt wissen, wer der Mann auf dem Bild war.

»Sie wandern offensichtlich gerne?«

»Ja«, lautete die knappe Antwort.

»Ich bin auch gerne in den Bergen«, schwindelte Keller. »Der letzte Berg, den wir bestiegen haben, war der Widderstein im Kleinwalsertal, kennen Sie den?« Viel zu oft hatte er den Urlaubsschilderungen seines Kollegen Heini Döring über dessen Bergwanderungen lauschen müssen – nun endlich konnte er dieses Wissen für seine Zwecke nutzen.

»Selbstverständlich«, war die naheliegende Antwort auf Kellers Frage. »Meine Wandergruppe hat ihn erst vor drei Jahren zum dritten Mal bestiegen.«

»Sie wandern also in der Gruppe von Hütte zu Hütte? Letztes Jahr hat ein Gewitter die gesamte Terrasse der Mindelheimer Hütte zerstört. Seitdem habe ich mächtig Respekt bekommen vor Unwettern in den Bergen. Ich war heilfroh, dass uns das Gewitter nicht auf freier Strecke überrascht hat.« Diese Schilderung Dörings hatte Keller damals wirklich beeindruckt.

Doch Kellers Leutseligkeit ließ Frau Udenhausen ungerührt. Wenn er herausbekommen wollte, wer der Mann auf dem Foto war, musste er seine Taktik ändern. »Der Mann rechts auf dem Bergfoto ist meinem Onkel Erich wie aus dem Gesicht geschnitten. Seine Frau weiß sicher nicht, was er in seinen Ferien so treibt.«

»Das ist Herr Pelzer!«, rief Frau Udenhausen empört. Scheinbar war es vollkommen außerhalb ihrer Vorstellungskraft, dass jemand aus Kellers Familie in ihren Kreisen verkehren könnte. »Herr Pelzer ist ein guter Freund meines Mannes. Sie waren zusammen bei der Bundeswehr. Mein Mann ist dort geblieben und ist inzwischen Oberst beim Heer.«

Keller war in diesem Augenblick nicht gewillt, diese Tatsache mit der entsprechenden Ehrfurcht oder Bewunderung zu würdigen. Es herrschte betretenes Schweigen.

Dann fragte sie bittersüß: »Sie erlauben, dass ich unser nettes Pläuschchen unterbreche?«

»Bitte«, antwortete Keller in der gleichen Tonlage. »Tun Sie einfach so, als wäre ich gar nicht da.«

Aber das tat sie ja sowieso schon, Keller hatte ihr nur ein Gespräch aufgezwungen, das für ihn ausgesprochen aufschlussreich gewesen war.

Sie setzte sich auf ihren Bürostuhl, der mit einem Mal fünfzehn Zentimeter nach unten sank. Dann griff sie zum Telefon und wählte umständlich eine Nummer. Sie schaute in seine Richtung, aber wie durch ihn hindurch.

»Hi, Monika, Schatz, bleibt es heute bei unserer Verabredung?«

Sie war auf einmal wie verwandelt.

»Okay, prima. Ich habe ein neues Eisen, das ich heute mal zum Putten ausprobieren will. Hast du nachher noch Zeit für einen Cappuccino? Ich muss dir unbedingt die neueste Geschichte erzählen ... Nein, nicht von denen, die sind ja längst geschieden – von Friedrich ... Genau, der hat sich jetzt so einen ganz jungen Hüpfer gefangen, Angelika heißt sie. Da ist ja schon der Name Programm ... Nein, nicht Ziegler, sie heißt Angelika Ernst. Du, ich muss jetzt Schluss machen, der PP kommt gleich, und er hat einen dringenden Auftrag für mich«, machte sie sich wichtig.

Sie hatte die ganze Zeit getan, als wäre Keller Luft und noch nicht einmal mit ihr im gleichen Raum. Als dann der Polizeipräsident und der Oberstaatsanwalt tatsächlich nur eine Minute später das Zimmer betraten, bekam Keller gelinden Respekt vor ihren Vorahnungen.

Die beiden hohen Tiere gingen an ihm vorbei in das Büro des Polizeipräsidenten, als sei der nervös auf seinem Stuhl sitzende Kommissar Luft für sie. Im Vorbeigehen wandte sich der Hausherr an seine Vorzimmerdame. »Frau Udenhausen, seien Sie doch bitte so nett, und holen Sie in der Mittagspause meine Urlaubsfotos aus dem Drogeriemarkt ab. Mittwochs sind Sie doch sowieso immer dort.«

»Gerne, Herr Polizeipräsident. Das macht auch gar keine Umstände. Wie Sie gesagt haben, bin ich heute sowieso dort.«

Dringender Auftrag, dachte sich Keller. Von wegen. Stünde nicht unmittelbar das Gespräch mit seinen Vorgesetzten an, hätte er sich aus purem

Mitgefühl große Sorgen gemacht – um Angelika, die neue Nummer eins auf Frau Udenhausens privater Mobbingliste.

»Keller«, sprach Oberstaatsanwalt Herbst ihn jetzt direkt an, »Sie kommen gleich mit.«

37

Sollte er vielleicht nicht doch besser aufgeben – er hatte ja kaum mehr als fünftausend Euro erbeutet. Wie viel war ihm ein Menschenleben wert?

*

»Keller«, begann der Polizeipräsident das Gespräch, »wollen Sie nicht in der Ihnen noch verbleibenden Zeit das Büro wechseln und in meine Nähe kommen? Dann ist der Weg nicht so weit.«

Keller überging diese sarkastische Frage, die er ja vor einigen Minuten schon so ähnlich zu hören bekommen hatte, und schwieg – was vermutlich in dieser Situation auch besser war.

»Ich frage mich manchmal ernsthaft, was in Ihrem Kopf vorgeht, Keller.«

Keller antwortete nicht darauf, er wollte seine Gegner erst einmal kommen lassen. Außerdem wusste er, dass ihn jedes falsche Wort in nur noch größere Schwierigkeiten bringen würde. Zumal dies eine rein rhetorische Frage gewesen war.

»Nun also mal Tacheles, Keller! Zuerst haben

Sie dem Täter in dem Moment gedroht, als er im Begriff war, mit einem kleinen Mädchen als Geisel zu fliehen. Dann haben Sie den Bruder des Hauptverdächtigen bedroht und ihm eine besondere Behandlung im Gefängnis versprochen. Dieser Mann wurde nun brutal zusammengeschlagen und liegt mit einigen Blessuren im Krankenhaus. Außerdem hat mir sein Anwalt, ein gewisser Dr. Pelzer angedeutet, dass neben der anhängigen Dienstaufsichtsbeschwerde gegen Sie mit Antrag auf sofortige Suspendierung eine weitere Beschwerde folgen wird, der zufolge Sie einen anderen Mandanten von ihm bedroht und beleidigt haben sollen.«

»Das ist eine Privatsache und gehört nicht hierher in diese Besprechung.«

»Sie sind Polizist, Keller, Sie haben kein Privatleben. Was war da los?«

Keller blieb dabei: »Darüber möchte ich hier nicht sprechen.«

»Sie werden müssen. Sehen Sie, Oberstaatsanwalt Herbst und ich sind Ihre letzten Freunde. Wenn Sie uns nicht vertrauen, können wir nichts mehr für Sie tun.«

Keller resignierte, und sogleich begann er, die Geschichte seiner Tante Anne zu erzählen.

»Soso. Ernst Keller, Rächer der Hilflosen und Entrechteten! Haben Sie wirklich geglaubt, dass Sie mit diesen Gefühlsduseleien durchkommen?« Der PP wurde zynisch.

»Nein, aber ...«, setzte der Kommissar an. Doch weiter kam er nicht.

»Und warum machen Sie dann so einen Unsinn?

Haben Sie sich schon einmal überlegt, in was für eine Situation Sie mich gebracht haben?«

»Uns«, warf der Oberstaatsanwalt ein und erhob unterstützend den Finger.

»Dann eben *uns*«, wiederholte der PP, bereits genervt.

»Ich weiß natürlich ...«

»Nichts wissen Sie Keller, gar nichts!«

»Ich ...«

Doch der Polizeipräsident schien ihn gar nicht zu hören. »Was soll ich jetzt mit Ihnen machen?«

»Wir.«

»Ist ja schon gut, Herbst, *wir*. Was sollen *wir* Ihrer Ansicht nach jetzt mit Ihnen machen, Keller?«

»Mich einfach weiter ermitteln lassen«, antwortete der Kommissar zu seiner eigenen Überraschung ungerührt.

Der Polizeipräsident erhob sich und legte seine Hände auf den Tisch. »Einfach so, so stellt sich der Herr Kommissar das vor. Einfach weiter ermitteln – als wäre nichts gewesen.«

»Herr Polizeipräsident«, mischte Dr. Herbst sich ein, »vermutlich wird es auch gar nicht anders gehen.«

»Jetzt stellen Sie sich auch noch auf des tapferen Rächers Seite?«

Keller schaute verwundert vom einen zum anderen.

»Sehen Sie mal, in den Augen der Öffentlichkeit ist Keller ein Held. Die Leute können nachvollziehen, warum er so gehandelt hat. Dass Sebald im Knast zusammengeschlagen wurde, rührt die Menschen sicher nicht zum Mitleid. Glauben Sie mir, die meisten denken, dass er es gar nicht anders verdient hat.«

»Und was erzähle ich dem Innenminister?« Der PP funkelte Herbst an.

»Dem sagen Sie, dass es unmöglich ist, Keller in dieser Phase den Fall zu entziehen, da es keinen adäquaten Ersatz gibt. Doch können Sie ihm nochmals mitteilen, dass die Polizeikarriere von Kriminaloberkommissar Keller nach Abschluss des Falls Geschichte sein wird.«

Keller hatte jetzt endgültig die Schnauze voll. »Und wenn ich hier und gleich von mir aus den Fall abgebe und einfach den Dienst quittiere?«

Herbst zeigte mit dem Finger auf Keller. »Dann sind Sie in meinen Augen nicht nur ein Feigling, der seinen Freund Meier im Stich lässt, sondern stehen auch mit einem Bein selbst im Gefängnis. Anstiftung zu schwerer Körperverletzung ist kein Kavaliersdelikt. Die Jungs im Knast werden Sie lieben, glauben Sie mir.« Er machte eine dramatische Pause, um dann fortzufahren: »Besser, Sie machen einfach weiter und bringen die Sache zu Ende. Dann haben Sie vielleicht noch die Chance, sich zu entlasten. Wenn Sie jetzt einfach nur weglaufen, haben Sie diese Möglichkeit sicher nicht.«

Keller drehte sich zum Polizeipräsidenten.

Dieser schien Kellers fragenden Blick zu verstehen. »Sie haben keine Chance, nutzen Sie sie.«

Der Oberstaatsanwalt ergänzte: »Die zweite Beschwerde von Herrn Pelzer bezüglich seines Sohnes übergebe ich meinem Mitarbeiter Zumstätten, der wird sich darum kümmern.« Mit einem leichten Lächeln zwinkerte er Keller zu. »Den Urlaub hat er sich wirklich verdient, der gute alte Zumstätten. Morgen geht es los – drei Wochen Fuerteventura.«

Keller atmete auf, wenigstens *die* Kuh war erst mal vom Eis. Doch wusste er auch, dass Herbst das nicht um seinetwillen tat – er wollte, dass der Fall endlich gelöst und das Mädchen und der Bankräuber gefunden wurden.

Herbst wurde wieder ernst und wies den Kommissar an: »Lassen Sie uns jetzt bitte alleine, wir haben noch etwas zu besprechen.«

Keller wollte gerade die Tür öffnen, da rief der PP ihn zurück: »Keller, sagen Sie bitte Frau Udenhausen Bescheid, dass sie mal reinkommen soll.«

Keller tat, wie ihm geheißen. Von weitem hörte er noch, wie der Polizeipräsident seine Vorzimmerdame fragte: »Und – haben Sie die Bilder? Ich würde sie gerne Oberstaatsanwalt Doktor Herbst zeigen.«

»Nein, Herr Polizeipräsident, ich wollte gerade losgehen. Möchten Sie vorher noch einen Kaffee?«

Keller schüttelte nur den Kopf, obwohl er ganz offensichtlich nicht gemeint war.

38

Engelchen saß bei Polizeioberkommissar Kneipp im Auto, sie waren auf dem Weg nach Beverungen. Wie von Keller angekündigt, hatte es also wirklich sie getroffen. Es war Mittag, und sie wollten Kati Schrage während ihrer Schicht in der Pizzeria abpassen, um mit ihr zu sprechen. Telefonische Terminabsprachen waren leider daran gescheitert, dass Frau Schrage gar nicht erst abnahm oder gerade ›auf dem Sprung‹ war. Engelchen dachte an ihren Chef, der gerade vom Polizeipräsidenten zum wiederholten Mal ›den Kopf abgerissen‹ bekam. Sie nannte ihn im Scherz und in Anlehnung an Harry Potter bereits ›Den fast kopflosen Ernst‹. Auch kurz vor seiner Abfahrt nach Kassel hatte sie das vor versammelter Mannschaft getan, worauf der Kommissar ihr einen Blick zugeworfen hatte, der besagte, dass der Sensenmann zu ihr schon unterwegs sei. Die Kollegen merkten schnell, dass Keller von diesem Spitznamen nicht begeistert war. Sie kannten seinen bösen Blick, wenn ihm etwas missfiel. Schnell hörten sie auf zu lachen.

Als sie in der Pizzeria angekommen waren, meinte Kneipp: »Wir könnten doch gleich mal etwas essen, wenn wir schon einmal hier sind. Was denken Sie?«

»Gute Idee«, antwortete Engelchen, »bei dem Geruch hier läuft mir das Wasser im Mund zusammen. Meine letzte Lasagne habe ich mir vorige Woche in der Mikrowelle gezaubert.«

»Also gut, der Freund und Helfer darf ja schließlich auch mal eine Pause machen. Vor allem, wenn er dabei nebenher noch arbeitet.«

Eine ungefähr sechzigjährige Frau kam mit lang-

188

samen Schritten an ihren Tisch. Während sie die Speisekarten austeilte, fragte sie nach den Getränkewünschen.

»Für mich eine Cola bitte.« Engelchen hatte wieder einmal Lust auf Zuckerwasser.

»Die nehme ich auch.«

Die Bedienung schlurfte zurück, Engelchen schaute ihr hinterher. ›Die schnelle Kati‹ hatte lange schwarze Haare, die unmöglich echt sein konnten. Bestimmt gefärbt, dachte sich die Polizistin. Frau Schrage trug eine enganliegende schwarze Jeans und ein T-Shirt der Pizzeria in Marineblau. Modische Turnschuhe und ein goldener Armreif rundeten die durchaus gepflegte Erscheinung ab. Bisher machte Katja Schrage einen ganz anderen Eindruck als den, den die Aussagen der anderen über sie vermittelt hatten.

Das änderte sich jedoch schnell, als Kneipp und Engelchen ihre Bestellungen aufzugeben begannen.

»Für mich bitte einmal die Pizza Spinaci ohne Knoblauch. Dafür bitte mit Extra-Schinken«, fing Kneipp an.

Frau Schrage sah nicht einmal von ihrem Bestellblock auf. »Schinken ist aus.«

»Ohh, schade. Dann nehme ich bitte Ravioli mit Wildlachs. Geht das?«

Das ›Ja‹ aus Katis Mund wurde nicht gerade von viel Begeisterung getragen.

Nun war Engelchen an der Reihe. »Ich hätte gerne die überbackenen Cannelloni und einen kleinen gemischten Salat.«

»Geht nicht.« Die ›schnelle Kati‹ stierte sie an.

»Wie? Geht nicht?«

»Salat bieten wir nur abends an – wegen der Frische.«

War das ein Witz? Wegen der Frische? Ein Argument, das Engelchen nicht einleuchten wollte. Erstrahlte der Kopfsalat abends in besonderem Grün, nachdem er den ganzen Tag im Kühlschrank herumgelungert hatte? Sie antwortete knapp: »Dann sollten Sie mal an eine separate Mittagskarte denken.«

»Wollen Sie nun die Cannelloni?«

»Habe ich je etwas anderes gesagt?« Engelchen war kurz davor, der Frau ins Gesicht zu springen.

Kneipp wusste, dass er dazwischen gehen musste. »Nun geben Sie schon in der Küche die Bestellung auf, anschließend kommen Sie bitte noch einmal zu uns zurück.«

»Warum sollte ich das tun, wir haben schließlich noch andere Gäste!«

»Weil wir noch etwas zu besprechen haben. Das ist Kriminalassistentin Engel, mein Name ist Kneipp.« Er zeigte ihr seinen Ausweis.

»Was wollen Sie von mir?«

»Jetzt bestellen Sie erst mal unser Essen. Wenn es da ist, setzen Sie sich einfach mal für fünf Minuten zu uns.«

»Und wenn das nicht geht? Schließlich bin ich heute ganz alleine hier.« Kati klang bestimmt.

Jetzt kam Engelchens Rache. »Dann fahren wir Sie unverzüglich nach Karlshafen und unterhalten uns im Polizeiposten. Ich glaube nicht, dass da so

190

viele Busse zurück nach Beverungen fahren.« Von Kneipp wusste sie, dass die ungeduldige Bedienung ihren Führerschein längst wegen mehrerer Vergehen mit Alkohol am Steuer verloren hatte.

Frau Schrage deutete mit ihrer Hand auf die übrigen Tische. »Nein, unmöglich. Sie sehen ja, was hier los ist.«

Plötzlich wandte sich Kneipp jovial an Engelchen. »Kennen Sie eigentlich schon die Geschichte vom Liebesspiel in der Dixi-Toilette auf dem Hafenplatz in Karlshafen? Ein echter Klassiker – zeitlos und immer wieder eine starke Geschichte.«

Mit einem Mal brach die bis dahin arrogant wirkende Haltung der Frau zusammen.

»Okay – Sie haben gewonnen.«

Doch war es weniger ein Flehen, mit dem Frau Schrage ihre Bitte vorbrachte. Vielmehr konnte man ihrem Tonfall entnehmen, dass Kneipp nun ihr neuer Feind war, dem sie bei passender Gelegenheit all ihre Aufmerksamkeit widmen würde.

Nach einer Viertelstunde kehrte sie zurück und servierte das Essen. Trotzig ließ sie sich neben Kneipp auf die Bank fallen.

»Also, was wollen Sie von mir?«

»Sie kennen einen Stefan Sebald?« Kneipp hatte schon angefangen zu essen und war nur recht undeutlich zu verstehen.

»Steffen, ja.«

»Steffen?«, fragte Engelchen.

»Ja, das war mein Spitzname für ihn. Hat er wirklich die Bank ausgeraubt und das Kind entführt? Im Lokalfernsehen wird ja von nichts anderem mehr berichtet.« Fragend schaute sie die Polizisten an.

Engelchen hatte angefangen, das Hackfleisch in ihren Cannelloni zu inspizieren. »Ja, da müssen wir leider von ausgehen. Könnte er hier noch einen Komplizen haben?« Sie nahm einen Bissen und nickte anerkennend.

»Was fragen Sie mich?«

»Sie sollen ja ein gutes Verhältnis miteinander gehabt haben. Er war wohl einer Ihrer Lieblings-Zivis?«

»Ja, ich konnte ihn immer gut leiden.« Sie schien tatsächlich einen Moment zu überlegen. »Er war ganz gut mit Helmut Umbreit befreundet, ansonsten war da noch der ›tolle Olli‹, die beiden waren oft an den Wochenenden zusammen auf Achse. Am liebsten waren sie in Höxter.«

»Sprechen wir von Oliver Tolle?«, fragte Engelchen.

»Ja, genau der. Ein süßer Kerl.« Dann ergänzte sie: »Obwohl er nicht immer der Hellste war.«

Kneipp und Engelchen schauten sich an. »Das gibt es doch gar nicht, der Kerl hat uns die ganze Zeit belogen.«

»Kati, wo bleibst du denn?«, kam es aus der Küche.

Sie stand auf. »Ich muss gehen.«

»Moment«, sagte Engelchen, »eine Frage habe ich noch: Kannten Sie auch seinen Bruder, Bernd Sebald?«

Ihre Stirn zog sich in Falten, ihr Blick verfinsterte sich »Ja, den kenne ich auch.«

Kneipp konnte sich ein Grinsen kaum verkneifen.

»Ich muss jetzt wirklich.«

Engelchen nickte. »Danke schön.«

Kaum war sie weg, fing Kneipp an zu lachen.

»Was ist los, hebe ich was Falsches gesagt?«

»Nein, keine Angst. Ich musste noch einmal an die Geschichte mit dem Dixi-Klo denken. Ich erzähle Ihnen die Geschichte nachher im Auto.« Er grinste und stopfte sich eine überdimensionale Portion Ravioli in die Backentasche.

»Sie machen es aber spannend.«

»Eines schon einmal vorab«, sagte er undeutlich. »Ohne zu viel zu verraten: Bernd Sebald und Katja Schrage kommen beide in der Geschichte vor.«

»One-Night-Stand in Dixi-Land?«

Kneipp lachte. »So ungefähr. Und jetzt lassen Sie uns aber weiter essen – bevor der Rest ganz kalt wird.«

39

Es war so schön – Selma saß mit Mama und Papa am Ufer eines Sees, sie leckte genüsslich an dem Waldmeistereis, das Papa ihr gerade gekauft hatte. Es war der 5. Juni und Papas Geburtstag. Eine schöne Erinnerung, die aber langsam zu verblassen begann. Dann war wieder alles schwarz.

*

Wie so oft in den letzten Tagen saß Keller im Auto und pendelte zwischen Kassel und Bad Karlshafen. Es war mittlerweile drei Uhr. Er dachte an seine Ruftante Anne, die in diesem Augenblick vor dem Fernseher saß und auf die Nachmittagsserie im Ersten wartete. Seine Gedanken führten ihn zu Pelzer junior, dem Urheber des ganzen Ärgers, den er nun auch noch privat am Hals hatte. Gut, er hatte noch eine Schonfrist bekommen. Doch würden irgendwann die Vorwürfe gegen Keller geprüft, und er hätte Anzeigen wegen Nötigung, Beleidigung und Anstiftung zur Körperverletzung am Hals.

Wenn … ja, wenn ihm nicht irgendetwas Gutes einfiel. Da kam ihm eine Idee.

Er hielt am Straßenrand an und griff zum Telefon. Es klingelte. »Engelchen, geh endlich ran!«, schimpfte er laut vor sich hin.

Er hatte einen Plan. Es war zwar nicht seine Art, doch wenn andere ein falsches Spiel spielten, konnte er das auch. Wer nicht wagt, der nicht gewinnt, dachte er sich noch, bevor sie endlich ranging.

»Hallo Engelchen …«, begrüßte er sie.

»Ja, Robin Hood ist gekommen und hat mich rechtzeitig vom Galgen gerettet …«, unterbrach sie ihn wieder einmal.

»… das erzähle ich dir später in Ruhe. Du musst mir einen Gefallen tun.«

Er sagte ihr, was sie für ihn tun sollte.

Danach musste Engelchen mit ihrer Neuigkeit heraus.

Keller war überrascht. »Was – Tolle und Stefan Sebald kennen sich? Dann bestell bitte Herrn Tolle doch direkt mal wieder zu uns. Am besten, du fährst mit Kneipp nach Gieselwerder und holst ihn ab. Wenn ihr ihn telefonisch einladet, macht er vielleicht die Biege.«

Engelchen stimmte zu und wollte gerade auflegen, als Keller mit dem Satz »Gut, ich bin in etwa einer Stunde da, dann sollte er bei uns im Polizeiposten sitzen.« das Telefonat beendete.

Der Kommissar schaltete einen Gang herunter, um einen langsam fahrenden Mercedes vor sich zu überholen. Als er direkt neben ihm war, drehte er die Musik lauter und fing an mitzusingen: ›Whatever You Want‹ von Status Quo eignete sich dazu gut. Der Mann mit dem Hut im Mercedes schüttelte nur den Kopf, als Keller grölend und hin und her wippend an ihm vorbeiraste.

Als er schließlich am Polizeiposten in Karlshafen ankam, sah er schon Engelchen und Kneipp auf der großen Treppe stehen, sie unterhielten sich. Das ist doch wohl kein schlechtes Zeichen?, dachte Keller, als er die beiden so sah.

Doch bevor Keller die Treppe betreten hatte, kam Engelchen seiner Frage schon zuvor. »Tolle sitzt schon im Büro. Er war etwas überrascht, das können Sie sich vielleicht denken.«

»Gut, legen wir gleich los.« Keller wollte keine Zeit verlieren. Er stürmte durch die Tür ohne ein Wort des Dankes. Ob ihm Engelchen deswegen grollte, war ihm so was von egal. Mit einem miesepetrigen Ausdruck im Gesicht folgte sie ihrem

Chef. Kneipp schloss sich an, nicht ohne noch einmal skeptisch zum Himmel zu blicken. »Es wird heute sicher noch regnen.«

Tolle hatte Keller kaum erblickt, da stand er bereits auf. »Was wollen Sie von mir, ich habe Ihnen doch schon längst alles gesagt!«

»Gut … wenn Sie so denken. Bitte setzen Sie sich wieder hin.« Keller machte eine kurze dramatische Pause, während der sich Tolle wieder in seinen Stuhl fläzte.

»Erzählen Sie uns doch mal von den wilden Wochenenden in Höxter und Kassel, die Sie mit Ihrem Kumpel Stefan Sebald gefeiert haben.«

»Ja«, gab Tolle kleinmütig zu, »ich kenne Stefan von früher. Nachdem er mit seinem Zivildienst durch war, haben wir uns aber nur noch einmal in Kassel getroffen, bei einem Freund. Dann war Funkstille.«

»Bis zu jenem 23. Mai 2015, als Sie sich in der Bank wiedergetroffen haben?«

»Ja.« Tolle holte tief Luft. »Das war aber reiner Zufall! Natürlich habe ich seine Stimme erkannt. Ich habe jedoch nichts gesagt, um ihn und mich nicht in Schwierigkeiten zu bringen. Weder während des Banküberfalls noch danach bei der Polizei.«

»Sie hatten zurecht Angst, dass man Ihnen unangenehme Fragen stellen und Sie zum Mittäter machen würde.«

Tolle nickte schweigend.

»Und was sagt uns, dass Sie nicht doch mit den beiden Brüdern unter einer Decke stecken?«

196

»Glauben Sie mir, ich war nicht mit dabei! Natürlich habe ich Stefans Stimme unter der Maske erkannt. Sicher war es falsch, es Ihnen nicht auch sofort zu sagen.« Nach einer kurzen Pause fuhr er flehend fort: »Was hätten Sie in meinem Fall getan – einen alten Kumpel an die Bullen verraten?«

»Vorsicht, sonst wird Ihnen Ihr Freund und Helfer ein bisschen den Marsch blasen«, drohte ihm Keller. »Da wir nichts riskieren können, kommen Sie unter dem dringenden Verdacht der Mittäterschaft ebenfalls in Untersuchungshaft.« Er setzte noch einen drauf: »Vielleicht bekommen Sie Bernd Sebald als Zellengenossen. Der Ärmste ist derzeit etwas geknickt und kann eine Aufmunterung brauchen. Es wirkte bei Ihrer letzten gemeinsamen Begegnung hier bei uns auf mich irgendwie so, als ob Sie beide sich mal dringend aussprechen sollten.«

Keller dachte hier an das ›Du mieser Verräter!‹, das Bernd Sebald Oliver Tolle ins Gesicht geschleudert hatte, als dieser an ihm vorbei den Polizeiposten verließ.

Tolle hob die Hände vor das Gesicht. »Nein, bloß das nicht!«

»Wir können Sie jetzt sicher nicht auf freien Fuß setzen, das werden Sie verstehen. Doch können wir sicher etwas daran drehen, ob Sie in Sebalds Zelle kommen oder eben nicht.«

Tolle, der wie ein Häuflein Elend auf dem Stuhl kauerte, sah Keller flehend an. »Sie haben Doktor Glücklich angerufen, der hat Ihnen doch bestätigt, dass ich zur Tatzeit eigentlich einen Zahnarzttermin hatte.«

»Wollen wir uns mal darauf konzentrieren, wie gut Sie diesen Doktor Glücklich kennen, und ob er wirklich wegen Ihnen einen Meineid riskieren will?«

Der junge Mann seufzte. »Gut, ich erzähle Ihnen die Geschichte noch einmal ganz von vorne.«

40

»Ja, wie beim letzten Mal. Gut, ich bin auf dem Weg.«

Ernst Keller setzte sich in sein Auto. Er hatte das Gefühl, dass dieser Fall die Zeitspanne bis zur nächsten Inspektion seines Dienstwagens extrem verkürzen würde. Er war in den letzten Tagen bereits so viel gefahren – das ging auf keine Kuhhaut. Im Moment manövrierte er den Wagen gerade über die Diemelbrücke in Karlshafen, den Blinker links gesetzt, um wie verabredet in einer Viertelstunde beim Edeka Neukauf in Trendelburg zu sein. Pelzer senior hatte ihn gerade angerufen und sich mit ihm verabredet. Und ›dringend‹ hatte er sein Anliegen genannt.

Der Plan, den Keller sich ausgedacht und den er mit Engelchens Hilfe umgesetzt hatte, schien zu funktionieren.

Sein Bedürfnis nach Musik zum Abreagieren hatte nachgelassen, denn er war schon wesentlich entspannter als vor dem Gespräch mit dem Polizeipräsidenten. Frau Udenhausens Foto hatte ihn auf eine gewagte Idee gebracht. Nun hörte er ›Babe‹ von Styx. Er musste im Gespräch mit Pelzer senior nur die Nerven behalten, dann konnte nichts passieren. Machte er jedoch einen Fehler, so konnte er sich gleich ein Flugticket nach Brasilien besorgen – wenn das mal reichen würde. Pelzer hatte am Telefon ziemlich aufgeregt geklungen, das musste Keller ausnutzen.

Wenige Minuten später fuhr er langsam auf den Parkplatz des Supermarktes. Obwohl ausreichend Stellplätze vorhanden waren und er Pelzer schon längst entdeckt hatte, setzte er noch einmal zurück und parkte seinen Wagen direkt neben Pelzers Mercedes. Er stieg jedoch nicht sofort aus, sondern tat so, als würde er noch etwas in seinem Handschuhfach suchen. Keller beobachtete im Seitenspiegel, wie Pelzer derweil nervös von einem Bein auf das andere trat.

Kurze Zeit später stieg der Kommissar aus und begrüßte Dr. Gerhardt Pelzer mit Handschlag. »Sie klangen am Telefon etwas erregt, was kann ich für Sie tun?«

»Jetzt tun Sie mal nicht so, Sie wissen genau, was ich von Ihnen will – Herr Kommissar!«

Der Kommissar steckte die Hände in die Hosentaschen. »Dann schießen Sie mal los, *Sie* haben um das Gespräch gebeten.«

»Ich ...« Dr. Pelzer atmete erst einmal tief durch. Keller konnte genau sehen, wie sich der Bauchansatz zuerst nach außen dehnte, um sich dann wieder zusammenzuziehen.

»Ich habe gehört, dass Sie im Zuge der Ermitt-

199

lungen gegen Stefan Sebald auch die alte Geschichte mit dem Autorennen wieder im Visier haben.«

»Das ist korrekt. Wie Sie ja wissen, haben wir Sebald noch nicht gefasst und auch das Kind noch nicht gefunden. Das zwingt uns dazu, jeden Strohhalm aufzugreifen, den wir finden können.«

Pelzers linkes Auge zuckte leicht. Seine Stimme zitterte leicht »Und was hat das mit meinem Sohn Robert zu tun?«

»Es geht darum«, führte Keller genüsslich aus, »dass ihr Sohn Robert den Tatverdächtigen kennt. Zudem hat er schon einmal ein Verbrechen mit ihm begangen. Daher ist er in den Ermittlungen zum Aufsteiger der Woche geworden.«

»Aber können Sie auch beweisen, dass mein Sohn in der Sache mit drinsteckt?«, bohrte der Anwalt nach.

»Ja, es gibt einen Zeugen.«

Pelzer lachte gekünstelt. »Sie bluffen! Warum ist er denn nicht schon damals in Erscheinung getreten?«

Keller wusste, er hatte gewonnen. »Ich bluffe mitnichten. Und den Grund kennen Sie ganz genau. Herr Sebald war Zivildienstleistender und hätte sich gar keinen so teuren Anwalt wie Sie leisten können.«

Pelzer wollte etwas entgegnen, doch Keller ließ ihn nicht zu Wort kommen. »Sebald hatte gute Argumente, Sie zu einem kostengünstigen Engagement zu überreden – Stillschweigen gegen kostenlose Verteidigung. So war das nämlich.«

»Quatsch, der Onkel von Herrn Sebald hat mich damals entsprechend der gültigen Kostensätze bezahlt. Das war die Bedingung dafür, dass ich Herrn Sebald verteidigen würde. Er hat quasi für ihn gebürgt.«

»Wollen wir die Sache wieder aufrollen und feststellen, dass Sie gerade eine Falschaussage gemacht haben?«

»Ist das jetzt ein Verhör? Da muss ich Ihnen leider mitteilen, dass dies unter falschen Voraussetzungen stattfindet.«

»Nein, mitnichten, Herr Pelzer. Wir sind eher in der Gründungsphase einer hübschen kleinen Interessengemeinschaft. Wir haben durchaus gemeinsame Interessen, die wir ganz einfach bündeln können.«

Pelzers Auge zuckte ein weiteres Mal. »Was soll das heißen?«

»Sie haben mich mit Ihrer Anzeige und den beiden Dienstaufsichtsbeschwerden ziemlich in Bedrängnis gebracht. Dagegen muss ich mich wehren.«

»Was wollen Sie, zum Teufel?«

Keller blieb ruhig. »Gegen die Untersuchung wegen der Misshandlung von Bernd Sebald kann ich nichts machen. Ich muss darauf vertrauen, dass irgendwie die Wahrheit ans Licht kommt – ich war es nämlich nicht.«

»Und?«, rief Pelzer ungehalten aus.

»Die Sache mit Ihrem Sohn und Frau Schönberg lässt sich da etwas leichter regeln.«

Pelzer schluckte. »Was schlagen Sie vor?«

»Ich bin ziemlich sicher, dass Ihr Sohn nichts mit dem Bankraub und der Entführung zu tun hat. Aufgrund der Vorkommnisse in der Vergangenheit müsste ich aber eigentlich auch in diese Richtung ermitteln.«

Beim Anwalt schien nun der Groschen zu fallen. »Sie wollen die Ermittlungen verschleppen?«

»So garstig würde ich das nicht nennen. Ihr Sohn und Sie wissen, dass er nichts mit der Sache zu tun hat. Ich denke das auch. Alle anderen möchten es sicher genauer wissen.«

»Nochmal: Was muss ich tun?«, fragte Pelzer ungeduldig.

»Sie ziehen sowohl die Dienstaufsichtsbeschwerde als auch die Anzeige zurück. Im Gegenzug wird Frau Schönberg ihrerseits ihre Anzeige zurückziehen. Letzteres kostet Sie oder Ihren arbeitslosen Sohn günstige achthundert Euro. Ein Schnäppchenpreis für Ihre Reputation und die Aufrechterhaltung der Berufschancen Ihres Sohnes.«

»Das ist eine feiste Erpressung!«

»Ein böses Wort … nennen wir es lieber einen Interessenausgleich oder, wenn Sie es unbedingt so wollen, einen Kuhhandel.«

Das unkontrollierte Zucken im Gesicht des Anwalts hatte zugenommen. Anscheinend stand es in direktem Zusammenhang mit dessen Gemütsverfassung. »Sie sind ein Schwein, wissen Sie das?«, brüllte Pelzer.

»Ja, wenn Sie es so sagen, kann ich es Ihnen nicht verübeln«, antwortete der Kommissar ungerührt. »Aber glauben Sie mir, ich bin es nicht gerne. Ich muss dieses Mädchen finden, koste es, was es wolle. Danach werden die Karten neu gemischt.«

»Ihr Blatt ist zum Glück grottenschlecht, und Sie werden schon bald aus dem Spiel aussteigen müssen. Ein schwacher Trost.«

Keller merkte, wie Pelzer überlegte. Nach einem Seufzer sprach er das aus, was der Kommissar erwartet hatte: »Ein Sprichwort sagt ja, dass man sich im Leben immer zweimal trifft.«

Keller nickte und spielte dann einen weiteren Trumpf aus. »Ach so, ich vergaß eine Kleinigkeit: Im Falle meines plötzlichen Ablebens werden die entsprechenden Unterlagen unverzüglich der Presse zugehen.«

Totenstille.

Keller durchbrach Pelzers unhörbare Gedankengänge, die aber sicherlich um ein scharfes Schwert kreisten, das er bei nächster Gelegenheit gerne auf den Kommissar niedersausen lassen würde. »Ich weiß ja nicht, wie weit Sie gehen würden, aber Sie täten gut daran, meinen Vorschlag zu akzeptieren und darauf zu vertrauen, dass ich Wort halte.«

Er reichte Dr. Gerhardt Pelzer die Hand. Doch dieser verweigerte den Handschlag und antwortete nur kurz: »In Ordnung.«

Sie trennten sich. Als Pelzer sich umgedreht hatte, ahmte Keller mit seinen Fingern eine Pistole nach. Im Geiste drückte er ab.

Er stieg in seinen Wagen, während Pelzer noch in den Getränkemarkt ging. Keller grübelte darüber nach, was der Anwalt sich wohl genehmigen würde: Whisky oder Wodka? Er selbst drehte den Schlüssel in der Zündung, wonach das Autoradio ansprang – hr3.

Ich sollte mal mit dem Lottospielen anfangen, dachte er. Dieser Satz bezog sich auf den Song im Radio – der Sender spielte gerade ›Cold As Ice‹ von Foreigner.

Keller überlegte und kam zu dem Schluss, dass Engelchen ihren Auftrag wieder einmal gut erledigt hatte: Der Anruf bei Pelzer senior unter dem Vorwand, den Aufenthaltsort seines Sohnes Robert wissen zu wollen, hatte seine Wirkung nicht verfehlt. Als sie dann auf Pelzers Nachfrage noch angedeutet hatte, es ginge um das Autorennen im Jahr 2010 sowie neu aufgetauchte Verdachtsmomente im aktuellen Fall, war selbst der ansonsten so abgebrühte Anwalt nervös geworden.

41

Einen Moment lang war sie klar bei Bewusstsein. Ihr stand das Bild vor Augen, wie ihr Papa nach einem lauten Knall zu Boden fiel. An mehr erinnerte sie sich nicht. Die Erinnerung verschwamm, und die Dunkelheit kehrte wieder zurück.

*

»Ich habe Frau Bergmann am Telefon, die Tochter von Frau Schmäher. Ich schalte mal auf Lautsprecher.« Engelchen setzte sich lässig auf den Schreibtisch. »Frau Bergmann, können Sie mich gut hören?«

»Ja«, dröhnte es aus dem Lautsprecher. Ein kontinuierliches Knacken und ein Hintergrundrauschen zeigten, dass die Verbindung nicht die beste war.

Engelchen fuhr fort: »Neben mir sitzen Kriminaloberkommissar Keller und Polizeioberkommissar Kneipp. Wenn Sie so weit sind, können wir anfangen.«

Keller kam einer Antwort zuvor. »Guten Morgen«, sagte er höflich, was Engelchen zu einem irritierten Blick veranlasste. Er fuhr fort. »Sie sind in der Jugendherberge aufgewachsen?«

»Wenn Sie so wollen. Wir kamen nach Bad Karlshafen, als ich neun und mein Bruder dreizehn war«, antwortete Frau Bergmann.

»Sie kennen Herrn Stefan Sebald?«

»Nein – beziehungsweise nur flüchtig. Wir haben uns zwei-, dreimal gesehen. Als er Zivi war, habe ich schon nicht mehr in Karlshafen gewohnt.«

»Wie war Ihr Eindruck?«

»Kein nachhaltiger auf jeden Fall.«

»Wie gut kennen Sie das Gebäude?«, mengte Kneipp sich ein. Engelchen hatte bislang noch gar keine Frage gestellt.

»Gut, sehr gut. Wir haben als Kinder und Jugendliche dort gespielt und auch unsere ersten Feten in der Juhe gefeiert.« Die Stimme der Frau klang heiter, als sähe sie direkt in ihre Vergangenheit.

Kneipp übernahm wieder und rückte ein wenig weiter zum Telefon vor. »Gibt es irgendwelche Orte im oder um das Haus, die man nicht so einfach findet und an denen man sich gut verstecken könnte?«

»So spontan fällt mir da keiner ein. Haben Sie schon mit meinem älteren Bruder gesprochen? Der kann sich vielleicht besser erinnern.«

»Der hat sich für heute Nachmittag angekündigt«, antwortete Keller, war aber mit der Antwort noch nicht zufrieden. »Gibt es noch Eingänge zu irgendwelchen Kellerräumen, die man nicht so einfach findet?«

»Wir haben zwar damals als Kinder Höhlen gebaut, aber die gibt es schon lange nicht mehr.«

»Gut, haben Sie vielen Dank.« Keller drückte die ›Auflegen‹-Taste.

Kellers Reaktion den anderen gegenüber war spontan. »Ich hoffe sehr, das Brüderchen hat uns etwas mehr zu erzählen.«

Engelchen murrte: »Aber jetzt gehen wir erst einmal was essen, ich hab schon wieder einen Wahnsinnshunger.«

42

Es war bereits Viertel nach zwei, und der für zwei Uhr angekündigte Besuch war immer noch nicht eingetroffen.

»Haben wir eine Handynummer von Schmäher?«

»Leider nein«, antwortete Engelchen. Kaum hatte sie es ausgesprochen, da klopfte es an der Tür.

»Na endlich«, brummte Keller.

Kneipp öffnete die Tür, und auf der Schwelle stand nicht Kai Schmäher, sondern es waren die van der Kamps aus den Niederlanden.

»Was kann ich für Sie tun?«, fragte Ernst Keller nicht gerade freundlich.

Sichtlich geschockt von diesem frostigen Empfang erwiderte Jasper van der Kamp schüchtern: »Meine Frau und ich wollten nur einmal nachfragen, ob es schon etwas Neues gibt.«

Engelchen nahm das Ehepaar freundlich in Empfang. »Das ist aber nett, dass Sie vorbeischauen. Machen Sie sich nichts aus den Kommissaren. Wir erwarten einen wichtigen Zeugen, der noch nicht da ist.«

Nun war es Nelleke van der Kamp, die die frostige Stimmung aufwärmte. »Und ich dachte immer, ihr Deutschen seid so pünktlich.«

Da musste auch der sonst so knochentrockene Kneipp grinsen.

In diesem Moment klopfte es erneut an der Tür.

»Herein, wenn's ein Schmäher ist«, rief Engelchen.

Die Tür ging auf, und tatsächlich stand ein sichtlich abgekämpfter Kai Schmäher auf der Schwelle. »Es tut mir ...«, dann holte er erst einmal tief Luft, »... leid, dass ich zu spät bin.«

»Wir warten auch schon zwanzig Minuten auf Sie«, mahnte Keller. Die gelassene Stimmung war mit einem Mal verflogen.

Engelchen flüsterte Keller ins Ohr: »Und was machen wir jetzt mit unseren beiden fliegenden Holländern?«

Keller schaute sich um und entdeckte Berg, der sich gerade auf seiner Facebook-Seite aufzuhalten schien, denn er tippte auf dem Display seines Smartphones herum und grinste ab und an. »Herr Berg, könnten Sie bitte Herrn und Frau van der Kamp grob über den Stand der Ermittlungen unterrichten? Keine Details bitte, aber sie sollen ruhig ein bisschen was wissen. Ohne ihre Hilfe wären wir noch längst nicht so weit. Danke.«

Dessen »Ja, mach ich!« klang schon etwas gequält. Er bat die Herrschaften in das Nachbarzimmer, schließlich sollte das Gespräch mit Herrn Schmäher nicht gestört werden.

Zunächst holten die Polizisten bei Kai Schmäher die gleichen Erkundigungen ein wie bei seiner Schwester: »Wo haben Sie gespielt?«, »Gibt es besondere Verstecke oder versteckte Räume im Haus?«, »Wie ist das mit dem Grundstück?« Leider erhielten sie auch die gleichen Antworten. Dann stellte Kneipp die entscheidende Frage: »Hatten Sie irgendwelche Verstecke im nah gelegenen Wald – Lieblingsplätze, an denen Sie damals gespielt haben?«

»Nein. Außer vielleicht die kleine Lichtung im Zauberwald. Dort haben wir öfters mit den Nachbarskindern gespielt und uns Hütten gebaut.«

»›Zauberwald‹?«, fragte Keller neugierig.

»Sie sind doch aus dem Ort, da kennen Sie doch sicher die Anglerhütte?«

»Ja, da bin ich früher häufiger gewesen. Ich hatte einen guten Freund, der hat in der Straße ›Am Friedenstal‹ gewohnt.« Kellers Gesicht bekam einen verklärten Ausdruck, erdachte wohl im Moment an diese Zeit zurück.

Schmäher holte ihn jedoch schnell wieder in die Realität zurück. »Dann kennen Sie sich ja sicher noch bestens aus. Wenn Sie am Tunnel zum Friedenstal vorbei in Richtung Anglerhütte laufen und durch den zweiten Tunnel gehen, halten Sie sich zuerst rechts, dann links.«

Kneipp warf ein: »Da könnte ich aber auch direkt oben auf der Straße fahren. Sie müssen wissen, ich bin an sich ein fauler Mensch.«

»Ja, Sie könnten auch den neuen Radweg nehmen. Wenn Sie von dort kommen, befindet sich kurz hinter der Anglerhütte linker Hand der Weg in ein kleines Fichtenwäldchen. Dort ist das Versteck.«

»Gibt es da eine Hütte oder etwas Ähnliches?« Engelchen war inzwischen auch sehr gespannt, was Kai Schmäher zu erzählen hatte.

»Bestimmt, da hat doch jede Generation ihre Hütten gebaut! Wir haben die alten Ruinen weggeräumt, unsere Nachfolger werden das Gleiche getan haben.«

Engelchen hatte den Zusammenhang noch nicht verstanden. »Sebald war damals aber schon zu alt zum Hüttenbauen. Woher sollte er davon wissen?«

»Na, ja«, antwortete Schmäher, »Stefan ließ ja nichts anbrennen. Während die Mädchen ihn in der Spülküche angehimmelt haben, hat er sich lieber an die Betreuerinnen gehalten. An die jungen, hübschen, versteht sich.«

»Ja, klar«, konnte es sich Engelchen nicht verkneifen.

»Das eine oder andere Mal hat er stolz davon erzählt, dass er mit einer der jungen Damen einen romantischen Spaziergang in Richtung Anglerhütte unternommen habe. Das wäre ja noch nicht so sensationell, doch kam es des Öfteren schon einmal zu einem Stelldichein im Zauberwäldchen. Und was da passiert ist, können Sie sich sicher leicht ausmalen. Stefan nannte den langen Spaziergang ins Zauberwäldchen immer ›das geistige Vorspiel‹. Er war ja trotz seiner Verdorbenheit und seines schlechten Benehmens sehr belesen und konnte die Frauen auch immer mit den passenden Themen beeindrucken. Dafür, sagte er, hätte er einen siebten Sinn.« Er machte eine kurze Pause. »Wir waren vielleicht neidisch.«

»So, so, der äppelwoitrinkende Don Juan von der Juhe nebenan.« Wieder war es Engelchen, die dieses in ihren Augen frauenverachtende Verhalten einfach kommentieren musste.

Keller hatte noch eine Frage: »Warum heißt es eigentlich Zauberwäldchen?«

Schmäher hatte eine einfache Antwort: »Weil man von außen nicht sehen kann, was sich im Inneren befindet.«

Der Kommissar lief zum Telefon und wählte eine lange Nummer. »Wir brauchen sofort einen Hubschrauber – noch besser eine Drohne mit einer Wärmebildkamera«, rief er hektisch ins Telefon.

»Wann können Sie da sein?«

Kneipp, Engelchen und Schmäher schauten Keller erwartungsvoll an.

Der Kommissar teilte ihnen nach einer Weile mit: »In einer Stunde kommt ein Hubschrauber mit einer Wärmebildkamera, dann werden wir wissen, ob Sebald und das Mädchen in dem Wald sind.«

»Ich bin ja nur ein Laie«, warf Schmäher ein, »doch wird er dadurch nicht gewarnt?«

»Sie haben recht, daher muss der Hubschrauber auch sehr hoch über das Zielgebiet hinwegfliegen.«

»Und jetzt?« Engelchen war ebenso gespannt wie die anderen.

»Jetzt müssen wir erst einmal abwarten.« Keller ging in die Küche, er brauchte noch einen Kaffee.

43

»Komm, Kleine, du schaffst das!« Er sah sie an. War alles Hoffen vergeblich?

*

Gerade als sie beim alten Sportplatz an den Diemelwiesen gegenüber der Schleifscheibenfabrik Krebs und Riedel eingetroffen waren, hörten sie auch schon den Hubschrauber heranfliegen. Sie – das waren Keller, Engelchen, Kneipp und Schmäher. Letzterer wollte sich das Ganze nicht entgehen lassen und hatte die Beamten mit Berufung auf seine wertvolle Ortskenntnis von seiner Mitwirkung überzeugen können. Keller schaltete das Autoradio aus, lange würde es das Kassettenteil wohl nicht mehr tun, ›Message In The Bottle‹ von The Police war für keinen der Beteiligten ein großer Spaß mehr.

Als der Hubschrauber gelandet war, gingen sie zügig dem Piloten entgegen. Dieser sah skeptisch auf die Kleingruppe, die ihm da entgegenstürmte. Die Scheibe des Hubschraubers blendete Keller, mittlerweile brannte die Sonne auf sie herunter.

»Wir sind aber kein Freizeitunternehmen, das jetzt einen gemütlichen Rundflug über das schöne Weserbergland unternimmt. Ich kann maximal zwei Leute mitnehmen.«

Keller überlegte einen Augenblick, dann entschied er: »Engelchen und Kneipp werden fliegen. Ich habe Flugangst und kann mir sowieso schönere Dinge vorstellen, und Schmäher ist Zivilist und darf sowieso nicht mitkommen.«

»Schade.« Enttäuscht drehte der sich um und ging weg.

»Herr Schmäher, warten Sie!«, rief Engelchen und wandte sich danach an den Piloten. »Sie könnten doch per Funkübertragung die Bilder aus der Wärmebildkamera auch auf mein iPad schicken, oder?«

»Wenn Ihr iPad 4G hat und hier guter Mobilfunkempfang ist, sollte es gehen. Ich habe kurz vor der Landung einen hohen Funkmast gesehen, das müsste klappen. Wir brauchen für die einwandfreie

Übertragung fast die komplette Datenrate von bis zu 100 MBit/s, sonst pixelt das Bild. Wir haben gutes Wetter und vor allem Sonne – Regen würde die Übertragung dämpfen.«

»Gut, Herr Kommissar. Ich stelle Ihnen das richtig ein, dann können Herr Schmäher und Sie das Ganze vom Auto aus verfolgen«, teilte Kellers Assistentin den beiden Männern mit. »Sicherheitshalber sollten Sie noch etwas näher ranfahren, ich weiß nicht, ob der Berg hier«, sie zeigte mit dem Daumen hinter sich, »den Empfang stört.«

»Gut, dann fahren wir mit meinem Wagen auf den Parkplatz an der B 80, in der Nähe des Tierheims. Da sollten wir eigentlich nah genug dran sein«, bestätigte der Kommissar.

Engelchen und Kneipp stiegen mit dem Piloten in den Helikopter, Schmäher und Keller gingen zum Auto.

Sie waren gerade beim Parkplatz angekommen, als sie den Hubschrauber hoch über sich hinwegfliegen sahen.

»Müssen wir aussteigen oder können wir auch im Auto sitzen bleiben?«, fragte Keller, der sich angesichts der technischen Dinge, die hier auf ihn zukamen, wieder überfordert fühlte.

Doch Schmäher wusste darauf auch keine Antwort, sodass sie zunächst im Auto sitzen blieben. Keller nahm das iPad vom Rücksitz und suchte verzweifelt nach einem Einschaltknopf.

»Darf ich mal?«, fragte Kai Schmäher freundlich und nahm das Tablet entgegen, das ihm der Kommissar daraufhin bereitwillig in die Hand drückte.

»Wie lautet der vierstellige Code?«

Keller runzelte die Stirn. »Gute Frage. Versuchen Sie mal ›7359‹ – ihre Durchwahl.«

»Passt, danke. Die entsprechende App ist schon geöffnet.«

»Dann kann´s ja losgehen.«

Schmäher legte das Keller noch immer suspekte Tablet vorsichtig so auf das Armaturenbrett, dass es beide gut im Blick hatten.

*

»So, dann wollen wir mal. Ich sehe, dass Ihr Chef und sein Kumpel unten auf Empfang gegangen sind, wir können also loslegen.«

»Ist das nicht zu auffällig, wenn wir jetzt so oft über ihn hinwegfliegen?«, wollte Kneipp wissen. Ihm war nicht sehr wohl bei der Sache.

»Leider geht es nicht anders. Die Dinger haben heute eine gute Reichweite und Auflösung. Sie werden sich noch wundern, wie viele Hasen wir gleich sehen werden.«

»Da bin ich ja mal gespannt.«

Der Pilot drückte auf einen Knopf, und einen Moment später flimmerte ein kleiner Bildschirm auf, der oberhalb der Armaturen anmontiert war. Er hatte eine Größe von elf Zoll, sodass von allen Plätzen aus alles gut zu erkennen war.

»Was ist denn das da?«, fragte Engelchen erstaunt und deutete mit dem Finger auf einen kleinen, schwarzen Fleck, der sich ziemlich schnell durch den Fichtenwald bewegte.

»Ich würde sagen: ein Wildschwein.«

»Und das da drüben sind vermutlich Fußgänger, oder?«

»Ja, ganz genau. Sie haben ein gutes Auge für solche Dinge.«

Engelchen fühlte sich geschmeichelt, doch riet ihr der Ton, in dem der Pilot diese Worte ausgesprochen hatte, zur Vorsicht.

Kneipp war mucksmäuschenstill geworden. Er schien vollends damit beschäftigt zu sein, sich nicht übergeben zu müssen.

Der Pilot schaute nach hinten. »Gut, fliegen wir also das erste Mal über das Ziel.«

Der Hubschrauber drehte eine Kurve und flog von Nordosten und parallel zur Weser auf das kleine Wäldchen zu. Der Pilot schaute ebenso wie Engelchen gespannt auf den Bildschirm. Dadurch kam der Hubschrauber etwas in Trudeln.

»Hoppla«, entfuhr es Engelchen.

»Keine Angst, runter kommen sie alle«, frotzelte der junge Mann neben ihr.

»Diesen blöden Spruch können Sie sich bitte sparen. Das ist ja hier schlimmer als auf der Achterbahn! Und ich dachte immer, ich könnte Einiges ab.« Kneipp war wütend über das wilde Manöver.

»Lassen Sie mal gut sein, das wird bald besser. Am Anfang geht das allen Gästen so.«

»Gut, konzentrieren wir uns lieber auf Sebald und das Kind«, schlug Engelchen vor.

Fortan schwieg der Polizeioberkommissar hinter ihnen.

»Sie können sich übrigens nachher alles noch

einmal anschauen, wir machen eine Aufzeichnung als TS-Datei.«

»Ja, prima. Wieso nehmen Sie kein mp4?«

»Das TS-Format ist als Quellformat besser, da können Sie nachher auch noch ein bisschen reinzoomen.« Er ergänzte: »Und komprimieren können Sie die Daten ja immer noch – zum Beispiel für die Übermittlung.«

»Und haben Sie bis jetzt etwas erkennen können?« Engelchen war neugierig.

»Nein, da war zwar ein heller Fleck, doch waren das für mich keine zwei Personen.«

Der Pilot machte sich an einem kleinen schwarzen Drehknopf zu schaffen. »Nun müsste das Bild schon besser sein.«

Beim zweiten Anflug – diesmal aus Richtung Lauenförde – war die Auflösung wirklich wesentlich besser. Nun konnten sie in der Tat einen menschlichen Umriss erkennen, der gekrümmt auf dem Boden zu liegen schien.

»Denken Sie das Gleiche, was ich auch denke?«, fragte der Pilot und warf Engelchen einen besorgten Blick zu.

Sie zuckte mit den Schultern. »Wie er da liegt. Vielleicht ist er tot? Oder vielleicht schläft er? Ein erschöpfter Wanderer?«

»Sicher ist nur, dass es eine einzige Person ist. Den Abmessungen nach, würde ich sagen, muss es sich um einen erwachsenen Menschen handeln.«

»Urrh, das blendet!« Engelchen hatte voll auf das große Blechdach geschaut, als sich die gleißende Sonne in ihm spiegelte.

Der Pilot zeigte auf seine Sonnenbrille. »Der kluge Mann sorgt vor.«

Engelchen rieb sich die Augen. »Und das Kind?«

Der Pilot zuckte mit den Schultern. »Einmal können wir es wohl noch versuchen, bevor es zu auffällig wird.«

Sie flogen das letzte Mal auf das ›Zauberwäldchen‹ zu. Das Bild blieb das Gleiche, nur meinten sie diesmal, eine Bewegung zu erkennen. Der Hubschrauber drehte ab und flog wieder zum alten Sportplatz.

Sie waren gerade wieder gelandet, als sie auch schon Kellers A3 den kleinen Weg entlangrasen sahen. Kaum waren die zwei Beamten aus dem Wagen ausgestiegen, lief Keller auf sie zu. »Und?«

»Raue See, würde ich sagen.« Kneipp lief leicht schwankend vom Hubschrauber weg und stützte sich gegen Kellers Wagen.

»Ich meinte eigentlich Sebald.« Er schaute Kneipp mitleidig hinterher. Er wusste schon, warum er nicht hatte mitfliegen wollen.

Der Pilot kam auf Kellers Frage zurück. »Ich würde sagen: ja. Die Person war alleine. Nehmen wir an, dass es Sebald ist, dann ist das Mädchen im besten Fall an einem anderen Ort – vermutlich etwas weiter weg. Was denken Sie?«

»Ich stimme Ihnen zu«, sagte Engelchen. »Was sagt der Rest des ›Fliegenden Suizidkommandos‹?« Keller schaute in Richtung Kneipp, der zurückgekommen war. Er hatte sich doch nicht übergeben müssen und stellte sich nun mutig zum Hubschrauber.

»Ich stimme euch zu. Aber wie sicher ist sich der Profi?« Engelchen folgte Kneipps Blick in Richtung des Piloten. Die Spannung war mit den Händen greifbar.

»Mit neunzig Prozent Wahrscheinlichkeit hat dort ein Mensch mitten im Wald gesessen.«

»Gut«, sprach Keller, »dann bringe ich die Maschinerie mal ins Rollen.«

»Mich brauchen Sie dann wohl nicht mehr, oder?«

»Nein, herzlichen Dank für Ihre Hilfe.« Keller gab dem Piloten zum Abschied die Hand.

Sie entfernten sich vom Hubschrauber, damit dieser starten konnte. Kneipp schritt zügig voran.

»Willst du wirklich das Rollkommando holen?«, wandte Engelchen ein.

»Ja, das ist jetzt die Frage: Obwohl der Mann bewaffnet und vermutlich zu allem fähig ist, müssen wir ihn so schnell wie möglich kriegen. Das Risiko ist: Ist er wirklich alleine? Kommt er dann nachher bei einem Schusswechsel ums Leben, erfahren wir nie, wo das Mädchen ist. Wir sind zu dritt, wir haben noch Polizeioberkommissar Jensen und Kriminalkommissar Berg im Polizeiposten sitzen.«

Engelchen wollte etwas entgegnen, doch Kneipp kam seiner Assistentin zuvor. »Außerdem hat Anton Berg eine Scharfschützenausbildung, er könnte uns Rückendeckung geben.«

»Jensen wird uns nicht helfen können, er hat heute seinen Scheidungstermin.« Engelchen sah zu Kneipp. »Was meinen Sie?«

»Ich meine, Frau Engelchen, ähh, ich meine,

Frau Engel, Herr Keller hat recht. Vielleicht haben wir schon viel zu viel Zeit verschwendet. Schließlich geht es auch um das Leben des Mädchens. Meine Tochter ist in dem gleichen Alter, ich wüsste genau, was ich tun würde.«

»Gut, ich versuche, von Herbst grünes Licht zu bekommen.« Kellers Stimme zitterte leicht. »Der Oberstaatsanwalt wird nicht begeistert sein.«

44

Keller telefonierte lange mit Oberstaatsanwalt Dr. Herbst. Der Kommissar musste den Juristen zu etwas bewegen, von dem er selbst noch nicht vollkommen überzeugt war.

»So hören Sie doch: Es ist Gefahr im Verzug! Wenn wir nicht handeln, bekommen wir Sebald nie. Und ganz sicher gefährden wir das Leben des Mädchens.«

»Ich kann Sie ja verstehen, Keller, dass Sie so schnell wie möglich zu dem Mädchen wollen. Doch sind mir die Hände gebunden – und das wissen Sie.«

»Und wenn ich Ihnen sage, dass mir hier vor Ort ausreichend qualifizierte Spezialkräfte zur Verfügung stehen?«, argumentierte der Kommissar.

»Gut, ich spiele Ihr Spiel mal mit. Wen haben Sie?«

»Kriminalkommissar Berg, Polizeioberkommissar Jensen – hier kreuzte Keller die Finger hinter seinem Rücken –, Kriminalassistentin Engel und mich.« und machte absichtlich eine dramaturgische Pause, dann fuhr er fort: »Sie sollten dabei nicht vergessen, dass wir mit Anton Berg jemanden vor Ort haben, der über eine Ausbildung als Präzisionsschütze verfügt. Ein entsprechendes Gewehr ist verfügbar, es ist sicher im Waffenschrank des Polizeipostens eingeschlossen.«

»Aber Sie kennen sich vor Ort nicht aus, keiner von Ihnen ist aus dieser Gegend.«

»Doch, wir haben jemanden, der die Örtlichkeiten von früher kennt. Der kann uns einweisen und uns beispielsweise den besten Platz für den Scharfschützen empfehlen.«

»Was haben Sie noch? Überzeugen Sie mich!«, forderte der Oberstaatsanwalt.

Keller überlegte. »Ich kann nur an Sie appellieren, das Mädchen nicht noch länger zu gefährden. Wir haben mit der Wärmebildkamera nur eine Person am Tatort identifizieren können. Vielleicht hat er das Mädchen weggebracht. Wir müssen ihn fassen – und zwar schnell und möglichst lebendig.« Kellers Stimme überschlug sich fast.

»Und dann? Wollen Sie ihn foltern?«

Keller hatte nicht vor, auf diese Bemerkung zu reagieren. »Er hat das Mädchen sicher an einen anderen Ort gebracht.« Er holte tief Luft. »Vielleicht lebt die kleine Selma auch schon längst nicht mehr. Wir brauchen – so hart es auch klingt – Gewissheit.« Dann nahm Keller allen Mut zusammen. »Oder wollen Sie weiterhin eine Mutter in Todesangst um ihr Kind? Oder einen gewalttätigen Mob, der schon fast einmal einen Menschen gelyncht hätte?«

Der Oberstaatsanwalt antwortete nicht.

»Herr Doktor Herbst?«

Es war das erste Mal, dass er den Oberstaatsanwalt mit seinem Titel ansprach. Der Kommissar hörte ein Räuspern. »Keller, ich glaube, die Verbindung bricht ab, ich habe sowieso nicht alles verstanden, was Sie gerade gesagt haben.« Und nach einer kleinen Pause fügte Dr. Herbst hinzu: »Ich glaube, wir können das so machen, obwohl ich nicht wirklich mitbekommen habe, wovon Sie sprachen. Sie verstehen?«

Die Verbindung war abgebrochen.

Keller war kurz davor, sein Telefon gegen einen Baum zu schleudern. »Mist, verdammter!«, schrie er stattdessen.

Engelchen kam auf ihn zu: »Was ist los?«

Keller holte tief Luft und breitete seine Arme weit aus, er fühlte sich wie ein Zirkusdirektor. »Sehr verehrte Damen und Herren, ich möchte Sie heute zu einer sensationellen Show einladen, die gleichzeitig auch sicher meine letzte sein wird.«

»Hallo?« Engelchen war etwas verwirrt ob dieses Auftritts. Genauso wie die Frau, die in diesem Moment mit ihrem Kinderwagen auf die Diemelbrücke zusteuerte.

»Engelchen, holen Sie Berg!«, befahl Keller, ohne seiner Assistentin damit erklärt zu haben, was gerade lief.

»Berg ist schon unterwegs zum Schwimmbad. Dort werden wir ihn treffen.«

»Wieso das denn?«

»Vorauseilender Gehorsam«, warf Kneipp ein.

»Is noch was?«, fragte Keller mit einem unerwartet schroffen Ton. Er sah in die verschreckten Gesichter.

»Was ist denn nun los? Was hast du vor?«

»Sorry, ich bin so durcheinander. Gut. Alles, was wir von nun an unternehmen, geht komplett auf meine Kappe. Obwohl ich mir nicht vorstellen kann, dass Oberstaatsanwalt Doktor Theodor Herbst nicht doch die Verantwortung übernimmt, falls wir Erfolg haben.«

Engelchen starrte ihn an.

»Im Klartext: Wir können losschlagen, haben aber keine Rückendeckung von der Justiz. Daher stelle ich es jedem von Ihnen frei, ob er mitmacht oder nicht.«

»Also, ich bin dabei.« Alle schauten erstaunt auf Schmäher, der zur Überraschung aller als Erster seine Sprache wiederfand.

»Das ist sehr mutig von Ihnen, wir werden Sie und vor allem Ihre Ortskenntnis auch brauchen.« Keller schaute in die Runde. »Was ist mit euch? Karriereknick oder Held für einen Tag?«

Engelchen hob ihren Arm. »Ich bin dabei. Für Holgi.«

»Ich mache auch mit. Wenn es schieflaufen sollte, sattle ich um und werde Sudoku-Profi.« Kneipp grinste.

»Ich danke euch. Danke!« Im gleichen Atemzug machte er Tempo: »Wir müssen los – Anton Berg wird schon am Schwimmbad auf uns warten.« Mit einem lauten »Attacke!« stieg Keller in den Wagen. Die drei anderen folgten ihm.

45

Anton Berg stand vor der Villa gegenüber dem Schwimmbad und wartete, mit seinem Rücken an die Mauer gelehnt. Ein Mann ging gerade weg, vermutlich der neue Besitzer der Villa. Neben dem hochgewachsenen Berg stand eine längliche Tasche. Wäre er zwanzig Jahre jünger gewesen, so hätte man bei seinem Anblick vermutet, er würde mit seinem Cello auf seinen Musiklehrer warten.

Keller begrüßte Berg kurz und stellte auch ihn vor die Entscheidung, das riskante Manöver entweder mitzumachen oder auszusteigen. Im Gegensatz zu den anderen beiden war Berg zunächst skeptisch, gab jedoch mit Blick auf das zu allem entschlossen dreinblickende Engelchen seinen Widerstand auf.

»Gut, ihr habt mich.«

»Prima, dass man sich auch heute immer noch auf die Kavallerie verlassen kann.« Keller schlug ihm auf die Schulter, zusammen begaben sie sich unter die Bedachung auf der gegenüberliegenden Straßenseite, wo die anderen vor der brennenden Sonne Schutz gesucht hatten.

Der Plan war, über den Weserradweg gemeinsam zur Anglerhütte zu fahren. Von dort aus sollten sich Berg und Schmäher an einen Platz begeben, von dem der Unterschlupf einsehbar wäre. Schmäher würde zurückkehren und Keller und Engelchen zu der Hütte bringen. Vielleicht wären hier deren Jiu-Jitsu-Kenntnisse von Vorteil. Kneipp würde ihnen in sicherem Abstand folgen, im Unterschied zur unbewaffneten Kriminalassistentin würde er seine Waffe ständig im Anschlag halten. Die Ausgangslage war gut, sie konnten Sebald mit gleißendem Sonnenschein im Rücken angreifen. Schweigend stiegen sie in Kellers Wagen: Schmäher vorne, Kneipp, Berg und Engelchen auf dem Rücksitz, Keller fuhr.

»Fahren Sie an der Jugendherberge vorbei, bis es rechts in den Wald geht«, wies ihn Schmäher an. Keller sah die Abzweigung und bog ein. In diesem Moment ertönte ein schreckliches Geräusch aus dem Autoradio. War die Qualität schon die ganze Zeit eher schlecht, so wurden sie in diesem Moment Zeugen eines perfekten Bandsalats. Die letzten Takte des David-Bowie-Songs ›Ashes To Ashes‹ wurden erst verschluckt, um dann in dem scheußlichen Geknister eines zerstörten Maxell-Bandes endgültig zu verstummen.

Ein schlechtes Omen?

46

Es dauerte lange zwanzig Minuten, bis Schmäher wieder zu ihnen zurückkehrte.

»Und?«

»Ihr Kollege ist in Position. Das ist eine ziemlich düstere Ecke, die sich Stefan Sebald da ausgesucht hat. Früher war's hier noch nicht so zugewachsen.«

Engelchen holte Papier und Stift heraus und legte es vor Schmäher auf die Parkbank.

»Am besten, Sie malen uns die Situation vor Ort einmal auf.«

»Schön, ich bin aber kein guter Zeichner.«

»Das wird schon gehen«, munterte Engelchen ihn auf.

Schmäher fing an, Keller und Engelchen folgten dem Bild Strich für Strich. Der geborene van Gogh ist er wirklich nicht, ging es Keller durch den Kopf. Doch entstand im Laufe der Zeit eine Skizze, auf der die Hütte, das Wäldchen und die kleine Anhöhe zu erkennen waren, auf der sich Berg mit seiner Waffe positioniert hatte.

Ihr Plan war, vom Radweg kommend, in nördlicher Richtung zur Hütte zu gelangen. Dort angekommen würden Keller und Engelchen den Eingang und das Fenster besetzen, und Keller würde mit seiner Waffe in die Hütte eindringen. Würde Sebald den Kommissar überwältigen und zu fliehen versuchen, so würde Engelchen ihn aufhalten, ansonsten waren da ja immer noch Kneipp und Berg. Schmäher würde – trotz seines Protestes – hier bei der Bank bleiben müssen. Schließlich durften sie keinen Zivilisten gefährden. Um ihn zu beschäftigen und ihn etwas in die Aktion mit einzubeziehen, gab Engelchen ihm ein altes Funkgerät. Auf diese Weise konnte er sich wenigstens etwas als Teil des Teams fühlen.

»Okay, gehen wir.«

Just in dem Moment, in dem die drei Polizisten aufbrechen wollten, hörten sie unmittelbar hinter sich mehrere Fahrradbremsen quietschen.

»He, pas op!«, schallte es ihnen entgegen.

Wer hätte auch erwartet, dass eine Gruppe holländischer Touristen um diese Tageszeit hier auf dem Radweg unterwegs war? Schließlich war es fast Abendbrotzeit, außerdem saß man bei diesem Wetter lieber irgendwo bei einem kalten Bier oder einem Eis mit Sahne im Schatten.

Keller raunte ein »Sorry«, als er in der Gruppe auch die beiden van der Kamps entdeckte.

»Was machen Sie hier draußen?«, fragte Jasper den Kommissar mit der ihm eigenen Neugier.

»Unzüchtige Aktivitäten im stadtnahen Waldgebiet. Wir sind hierher gerufen worden«, log Keller. Ihm kam eine Idee, denn eine Gruppe niederländischer Touristen konnte er jetzt am wenigsten gebrauchen. Noch bevor Jasper weiter nachfragen konnte, erklärte er: »Ich möchte Sie bitten, Polizeioberkommissar Schmäher zu folgen, er wird Sie sicher zur Anglerhütte bringen. Er steht ständig über Funk mit uns in Kontakt. Sobald die Aktion abgeschlossen ist, kehren wir sogleich zu Ihnen zurück. – Kollege Schmäher, bitte!«

Der so Angesprochene schaute etwas überrascht, folgte aber sogleich den Anweisungen seines ›Vorgesetzten‹. Er machte eine einladende Armbewegung und wies der Gruppe die richtige Richtung.

Als sie ein paar Meter weg und außer Hörweite waren, sagte Engelchen: »Das war jetzt aber ganz schön knapp. Sie haben gut geschaltet, Chef – und so gleich zwei Fliegen mit einer Klappe geschlagen.«

»Danke, Engelchen. Nun aber los, bevor wir noch mehr Zeit verlieren.«

47

Es knallte zweimal laut, danach war es wieder ruhig. Aber bekam sie die beiden Schüsse überhaupt noch mit?

*

Sie gingen an den mehr oder weniger bewohnt aussehenden Gebäuden vorbei links in den Wald. Sie mussten um eine Biegung laufen und dann wieder links in das dichte Gehölz hinein. Engelchen blickte sich um. Als sie Berg sah, tippte sie Keller auf die Schulter und wies mit dem Finger in seine Richtung.

»Jetzt müssten wir gleich da sein«, flüsterte Keller. Und schon kam die Hütte in ihr Blickfeld.

Langsam gingen Keller und Engelchen darauf zu. Kneipp folgte ihnen mit ungefähr fünfzehn Schritten Abstand. Keller und Kneipp hatten ihre Waffen gezogen, Engelchen hielt ihren Mehrzweckeinsatzstock fest in der linken Hand.

Die Hütte hatte laut Schmähers Beschreibung nur eine Tür und ein Fenster, das jedoch im Sichtfeld von Berg lag. Sie konnten sich also ausschließlich auf die Tür konzentrieren. Während Keller links von der Tür Aufstellung nahm und sich Engelchen rechts zwischen Tür und Fenster stellte, versteckte sich Kneipp hinter einem fünf Meter von der Hütte entfernten Baum.

Keller nickte Engelchen zu – es ging los.

Der Kommissar trat die geschlossene Tür ein, rief »Polizei!« und betrat die Hütte. Er sah den verdreckten und übernächtigt aussehenden Sebald auf einer schmuddeligen Decke auf dem nackten Waldboden liegen, einen Fußboden gab es nicht mehr. Keller schien ihn geweckt zu haben, die Überraschung war also gelungen.

In diesem Moment griff Sebald nach der neben ihm liegenden Waffe. Keller warnte ihn, doch bewegte sich Sebalds Hand weiter auf die Pistole zu. Keller blieb keine Wahl, er musste schießen.

Ein Schuss knallte, und die Kugel traf Sebald an der rechten Schulter. Er schrie auf.

»Sicher!«, rief Keller, nachdem er die Pistole an sich genommen hatte. Engelchen stürmte herein, wenige Momente später folgte Kneipp. Keller war auf den verwundeten Sebald losgestürmt. »Wo ist Selma, wo ist das Mädchen?«

»Welches Mädchen?«, stöhnte der Getroffene. »Holen Sie mir lieber einen Arzt!«

»Ich will jetzt erst wissen, wo das Mädchen ist.« In diesem Moment richtete Keller die Waffe auf Sebalds anderen Arm. »Los, wird's bald?«

»Nein, Ernst, nicht!«, rief Engelchen. »Er ist das nicht wert.«

228

»Nein, tun Sie das nicht!«, rief nun auch Kneipp.

Doch Keller war zu allem entschlossen, er richtete seine Waffe gegen Sebalds Kopf. In diesem Moment war ihm alles egal: Seinen Job würde er sowieso verlieren, da wollte er wenigstens das Mädchen retten.

Der Schuss fiel, Sebald schrie auf: »Mein Ohr, was haben Sie mit meinem Ohr gemacht?«

Keller hatte unmittelbar neben Sebalds Ohr in den feuchten Waldboden geschossen. Eine intensive Geruchsmischung aus Pulverdampf und nassem Moos stieg in ihre Nasen. »Na, nochmal?«

»Nein, bitte nicht. Das Mädchen ist drüben in dem Haus mit dem Blechdach und der Fahne auf dem Dach. Ich weiß aber nicht, ob sie noch lebt.«

»Das hoffe ich für Sie.« Keller schaute auf Engelchen. »Laufen Sie bitte zu den Holländern und fragen Sie, ob sich ein Arzt unter ihnen befindet. Kneipp, Sie bleiben hier und passen auf unseren kleinen Bankräuber auf.«

Keller ging hinaus und gab Berg ein Zeichen, ihm zu folgen. Er war gerade aus der Tür getreten, da stürmte auch schon Engelchen an ihm vorbei und hinterließ nur noch eine schwache Parfümnote.

48

»Het meisje hat starkes Fieber, ist sehr stark dehydriert und weist alle Anzeichen auf, dass ihr Medikamente verabreicht wurden, um sie zu betäuben oder ruhig zu stellen.«

Keller griff zu seinem Telefon und wählte den Notruf. »Ja, akute Lebensgefahr, kommen Sie sofort, es geht um jede Minute!«

Doktor Jasper van der Kamp nahm ein Erfrischungstuch und säuberte sich damit die Hände.

»Ich wusste gar nicht, dass Sie Arzt sind«, betonte Engelchen mit besonderer Anerkennung.

»Sie haben mich ja auch nie nach meinem Beruf gefragt.« Doktor van der Kamp schien etwas pikiert, dass jemand annehmen konnte, dass ein holländischer Tourist in Bad Karlshafen nicht auch Doktor der Medizin sein konnte.

Sie hatten Selma so weit wie möglich versorgt und aus allen verfügbaren Halstüchern und kühlen Wasservorräten kalte Kompressen fabriziert. Doktor van der Kamp dirigierte die richtige Anwendung der Kompressen, die sie Selma über Kopf und Waden gelegt hatten.

Nun hieß es warten.

»Er wird durchkommen«, sagte der Arzt anschließend über Stefan Sebald, den sie mit Kellers Verbandskasten versorgt hatten. Trotz seiner Verletzung war er mit Handschellen gefesselt. Keller fragte sich, welcher Schmerz nun größer war – der in seinem Arm oder der im Ohr.

»Herr Kommissar, darf ich Sie etwas fragen?«

»Natürlich, mevrouw van der Kamp«, antwortete Keller in einem höflichen Sprachenmischmasch aus Deutsch und Niederländisch.

»Wir zijn dieses Jahr das erste Mal in Bad Karls-

230

hafen und wollten graag das nächste Jahr gerne wiederkommen. Ist das hier immer so gefährlich? Naarbij hätte mein Mann auch in der Bank sein können, wäre das Ganze nur wenige Minuten später gebeurd.«

»Das Verbrechen sucht sich seine Tatorte leider nicht nach Schönheit der Landschaft aus. Ich kann Ihnen aber sagen, dass es mit Sicherheit nicht so schnell wieder einen Bankraub in der Stadt geben wird.« Er schaute auf Kneipp. »Kommen Sie also im nächsten Jahr gerne wieder. Ich bin sicher, dass nach meiner Entlassung aus dem Polizeidienst Polizeioberkommissar Kneipp die Ordnung im Ort aufrechterhalten wird.«

»Was? Ich verstehe nicht. Sind Sie denn kein Kommissar mehr?« Van der Kamp starrte ihn an.

»Nein. Sollte nicht ein großes Wunder geschehen und ich nicht aufgrund meines Fehlverhaltens in diesem Fall entlassen werden, so werde ich selbst meinen Hut nehmen und mir eine andere Beschäftigung suchen.«

»Ernst, das kannst du doch nicht machen!« Engelchen standen die Tränen in den Augen. »Du bist doch jetzt ein Held.«

»Ein Held, der gegen fast jede Dienstvorschrift verstoßen hat, die es gibt. Einiges konnte ich noch abwenden, aber dass ich Bernd Sebald bedroht habe und er daraufhin – ohne mein Zutun – zusammengeschlagen wurde, das wird man mir nicht nachsehen.«

»Und jetzt? Wie soll es jetzt weitergehen?«, stellte Engelchen laut schniefend die Frage, die sie alle wieder zurück in die Realität brachte. Sie nahm ein Taschentuch aus ihrer Hosentasche.

»Zurück – wir fahren zurück, Engelchen. By the way, wie geht es eigentlich Holger?«

Bevor Kellers Assistentin antworten konnte, klingelte ihr Telefon. Sie drehte sich um, und Keller und die anderen bekamen nur bruchstückhaft mit, um was es in dem Gespräch ging. In einem Moment noch zu Tode betrübt, strahlte sie nun wieder über das ganze Gesicht, aber sie hatte immer noch Tränen in den Augen.

»Das war Vera, sie will, dass ich so schnell wie möglich nach Kassel komme. Holgi ist aufgewacht, und wir können ihn besuchen.« Sie dachte einen Augenblick nach, dann sah sie ihrem Chef tief in seine blauen Augen. »Ernst, willst du nicht mitkommen? Du gehörst ja jetzt quasi zur Familie.«

Keller merkte den Kloß in seinem Hals, so gerührt war er. »Wenn ich alles Weitere hier den drei tapferen Musketieren Kneipp, Berg und Schmäher überlassen kann, komme ich natürlich gerne mit dir.« Dann sprach er die Drei direkt an: »Macht es Ihnen etwas aus, die Sache hier zu Ende zu bringen?«

Kneipp schaute auf Berg und Schmäher, letzterer grinste stolz wie Oskar. Beide nickten, und Kneipp antwortete für alle: »Nein, fahren Sie ruhig, unter der Führung von Kriminalkommissar Berg werden wir die Sache zu Ende bringen.«

Keller reichte erst Kneipp die Hand, anschließend Berg. »Danke, vielen Dank.«

»Und so etwas sagt er nicht oft«, entfuhr es Engelchen.

Keller sah Schmäher an und legte ihm die Hand auf die Schulter. „Und Sie muss ich noch mit allen Ehren aus dem Polizeidienst entlassen.«

»Heißt das etwa, dass ich jetzt arbeitslos bin?«, fragte Schmäher mit gut gespielter Empörung. Das Funkgerät hielt er immer noch in der Hand.

Alle lachten, auch die Holländer.

Keller nahm ihm das Funkgerät ab. »Fast! Mit Ankunft am Polizeiposten entlasse ich Sie trotz Ihrer Verdienste aus Ihrem temporären Dienstverhältnis. Sie haben sich in kürzester Zeit höchste Anerkennung erworben, Sie dürfen stolz auf sich sein.«

Der so Geadelte wirkte gleich fünf Zentimeter größer. Er begann sogleich, über das ganze Gesicht zu grinsen.

»Warum«, fragte Kneipp, »haben wir das Mädchen von oben nicht mit der Wärmebildkamera erkennen können?«

»Das kann ich Ihnen sagen«, antwortete Schmäher zur Überraschung aller. »Das Blechdach hat die gleißende Sonnenstrahlung so stark reflektiert, dass das Gerät die Wärmestrahlung des Mädchens nicht erkannt hat.«

»Das macht Sinn. Kennen Sie sich aus?«

»Ich bin Energieberater und mache thermogravimetrische Untersuchungen an Häusern. Daher kenne ich mich mit dem Prinzip aus.«

»Jetzt aber los!« Engelchen drängte zum Aufbruch.

»Ist das hier eine Folge von ›Das ist ihr Leben‹?«

Das war die erste Reaktion von Holger E. Meier, als er all die Menschen um sein Bett herumstehen sah. Er sah von einem zum anderen: Engelchen weinte vor Glück, Vera Schrick legte heute einen gefassten Blick auf, der keinen Deut ihrer seelischen Verfassung verriet. Als Letzter saß dort eher schüchtern-verlegen sein Freund Ernst Keller. Erst bei dessen Anblick wurde Meier wieder ernsthaft. Er stellte die unvermeidliche Frage: »Wo ist Selma?«

Engelchen und Vera standen auf. »Hier, an deiner Seite.«

Nun konnte Meier das Kind sehen. Er versuchte sich aufzurichten, fiel aber gleich wieder in das Kissen zurück. »Aua!« Nachdem er ein paar Mal vor Anstrengung geschnauft hatte, fügte er hinzu: »Was ist geschehen?«

Engelchen nahm seine Hand. »Wäre Ernst nicht gewesen, würde deine Tochter jetzt nicht mehr leben. Es war im wahrsten Sinne Rettung in letzter Sekunde.«

Holger ließ Engelchen los, nahm die Hand von Ernst und drückte sie, so fest er konnte. »Danke, mein Freund, das werde ich dir nie vergessen!«

Keller – unsicher, wie er mit dieser Situation umgehen sollte – sagte erst einmal nichts. »Ich hatte viel Hilfe«, bekräftigte er dann.

Engelchen lachte. »Er untertreibt!«

»Das nächste Mal musste aber wieder selber sehen, wie du da wieder rauskommst. Meine Tage als Polizist sind nämlich vorbei.«

Meier blickte verständnislos. »Was? Warum?«

»Ja, du hast richtig gehört. Mein nächster Weg wird mich zum Polizeipräsidenten führen, und der wird mich zunächst suspendieren und anschließend aus dem Polizeidienst entfernen.«

»Nein.«

»Doch.«

»Was hast du getan – du wirst doch nicht auf deine alten Tage jemanden umgebracht haben?«

»Nein, das nicht. Aber das ist im wahrsten Sinne des Wortes eine lange Geschichte. Engelchen kann sie dir bei Gelegenheit mal erzählen.«

Abspann

Schaut man an den Anfang der Geschichte zurück, so stellt man fest, dass in weniger als zwei Wochen die Lebensläufe vieler Figuren eine überraschende Wendung genommen haben.

Alles begann mit diesem einen Telefonat an jenem Freitag vor Pfingsten – Keller war gerade mitten im Umzug. Aber der Reihe nach:

Stefan Sebald, der heute immer noch unter den Folgen eines knallbedingten Hörsturzes leidet, wurde zu zehn Jahren Haft verurteilt. Sein Glück war, dass die kleine Selma die Entführung dank der schnellen Hilfe von Doktor van der Kamp überlebt hat. Viele Freunde hatte er im Gefängnis aber trotzdem nicht.

Bernd Sebald hatte kein Einsehen mit den Polizisten und leugnete beständig seine Beteiligung an der Tat. Erst die Aussage einer Nachbarin sowie die DNA-Spuren an den Tennisschuhen konnten ihn überführen. Die DNA beider Brüder befand sich in den Schuhen, zudem waren Stefan Sebald die Schuhe anderthalb Nummern zu klein. Bernd Sebald kam für sechs Jahre ins Gefängnis.

Oliver Tolle blieb das, was er immer war – ein Dewes mit nicht viel Gritze im Kopf. Eine Tatbeteiligung konnte ihm nicht nachgewiesen werden, doch folgte seine ›gesellschaftliche Bestrafung‹

auf dem Fuße: Sein Tennisclub schloss ihn wegen ›ungebührlichen Verhaltens‹ lebenslang aus. Frau Becker von der Bank war ihm auch nicht mehr gewogen, sodass er nicht länger mit weiteren Überziehungskrediten rechnen konnte.

Dr. Jasper und Nelleke van der Kamp hatten sich nach ihrer Rückkehr nach Den Haag geschworen, im kommenden Jahr irgendwo anders Urlaub zu machen. Sie folgten dann aber doch der netten Einladung von Familie Keller, während des Urlaubs bei ihnen im Hause zu wohnen. Der Gedanke, sich in diesem schönen Ort ein Haus zu kaufen, wurde beim Anblick von Hugenottenturm und Hafen schnell wieder aktuell.

Holger E. Meier ließ sich von seinen ›beiden Frauen‹ gesundpflegen. So ganz geheuer war ihm die sich anbahnende Freundschaft zwischen den beiden nicht, doch hatte keiner seiner Versuche Erfolg, einen Keil zwischen die ›Mädchenfreundschaft‹ zu treiben. Bald war er wieder der Alte.

Selma Schrick genoss es, nun noch eine Art Tante zu haben. Diese vermochte ihre Zuneigung zunächst zwar nur in der Bereitstellung von Kirschlollis auszudrücken. Aber später merkte Selma, dass die ›coole Tante‹ ein paar echt gute Selbstverteidigungstricks drauf hatte. Fortan wagte es in der Schule niemand mehr, ihr dumm zu kommen.

Herta ›Engelchen‹ Engel war vor allem froh,

dass sie ihren ›Holgi‹ wieder hatte. Sie freundete sich sogar recht gut mit Vera Schrick an, Selmas Mutter. Beruflich musste sie sich auf einige Veränderungen einstellen; beispielsweise wurden ihre regelmäßigen Verspätungen nicht mehr geduldet. Zum Glück war Holger E. Meier ein Frühaufsteher, der nicht zögerte, Engelchen auch schon mal aus dem warmen Bett zu werfen.

Kriminaloberkommissar Ernst Keller schied unfreiwillig aus dem Polizeidienst aus. Vom Vorwurf der Beihilfe zur Körperverletzung wurde Keller freigesprochen, doch führte seine Androhung von Folter einem Verdächtigen gegenüber letztlich zum unehrenhaften Ausscheiden aus dem Polizeidienst – sein Nachfolger wurde übrigens Anton Berg, der zum Kriminaloberkommissar befördert wurde und Kellers Dienststelle übernahm. Der Ex-Kommissar hat sich mit seinem Vater ausgesprochen und wohnt nun wieder im Haus seiner Eltern. Dort ist er auf der Suche nach einem neuen Tätigkeitsfeld. In der Zwischenzeit fährt er einmal in der Woche zu Tante Anne, um mit ihr einkaufen zu gehen.

Und zu guter Letzt: Das Orange-Blossom-Festival 2016 ist in Kellers Terminkalender bereits fest eingeplant.

- Ende -

Danksagung

Vielen Leuten gilt es heute, im Januar 2016, ›Danke‹ zu sagen.

Da ist zuerst meine Mutter, die mich immer bei allem unterstützt hat, was auch immer ich in meinem Leben unternommen habe. Gerne hätte ich noch die Gelegenheit gehabt, ihr auch mein zweites richtiges Buch zu überreichen.

Ohne meine Frau Beate würde es dieses Buch und seine Geschichte nicht geben. Sie hat mir nicht nur ermöglicht, ein freischaffender Autor zu werden, sie war und ist mir eine unersetzliche Ratgeberin sowie kritische Leserin all meiner Texte.

Mit meinem Bruder Michael habe ich viele Stunden, zumeist am Telefon, über meine Geschichten gesprochen.

Meine Freunde haben meine schriftstellerischen Tätigkeiten immer mit Interesse und kritischem Wohlwollen verfolgt.

Meine Autorenkolleginnen und Autorenkollegen vom Bundesverband junger Autoren (BVjA) haben mir viele Hinweise gegeben und mich unaufhörlich unterstützt. Ihr habt mir immer wieder Mut gemacht. Auch ein ›Gefällt mir‹ auf Facebook kann einen in einer schwierigen Situation wieder motivieren.

Das Team von Lektor-hoch-drei (Ludwigsburg / *http://lektor-hoch-drei.de/*) hat das Projekt im Lektorat kritisch begleitet und mir sehr viele wertvolle Hinweise gegeben und damit wesentlich zum Gelingen des Buches beigetragen.

Und nicht zuletzt danke ich allen Leserinnen und Lesern der ersten vier Fälle am 'Tatort Märchenland': Ihr ward die Motivation, ein neues Abenteuer über Kommissar Keller und Engelchen zu schreiben.

Danke!

Tatort Märchenland

Bisher ebenfalls in der Reihe **Tatort Märchenland – Kommissar Keller ermittelt** erschienen:

Das gemeingefährliche Jahrgangstreffen – Kommissar Kellers erster Fall, Kurzkrimi, Dezember 2014, 50 Seiten, eBook (epub, mobi).

Mordwind – Kommissar Kellers zweiter Fall, Kurzkrimi, Januar 2015, 38 Seiten, eBook (epub, mobi).

Mit der Ferkeltaxe durch das Diemeltal – Kommissar Kellers dritter Fall, Kurzkrimi, März 2015, 58 Seiten, eBook (epub, mobi).

Herrenabende auf Ratenzahlung – Kommissar Kellers vierter Fall, Kurzkrimi, Juni 2015, 64 Seiten, eBook (epub, mobi).

Tatort Märchenland – Kommissar Keller ermittelt, Sammelband der Fälle 1 bis 4, September 2015, 284 Seiten, Taschenbuch und eBook (epub, mobi).

www.federstrich3610.com